「美人でお金持ちの彼女が欲しい」と言ったら、ワケあり女子がやってきた件。

イラスト・Re岳

小宮地千々

GCN文庫

「――どう？」
✦天道つかさ✦
「綺麗だけど？」

拗ねたような声で、しかも真剣な表情でそう言われてつかさは吹き出した。
志野伊織

「志野、こんなビッチかばうことなんて――」
「僕の前で彼女をそう呼ぶのはやめてくれ」

「美人でお金持ちの彼女が欲しい」と言ったら、ワケあり女子がやってきた件。

著：小宮地千々
イラスト：Re岳

GCN文庫

CONTENTS

第一話　天道つかさという女

天道《てんどう》つかさという女子の名をはじめて聞いたとき「はぁ、美人は名前からして格好いいんだな」と思ったのを覚えている。

次にその名を聞いたときは彼女の家の話が出て「へえ」と感心したように思う。

それから三度目は「は？」と聞き返して絶句した。そのはずだ。

そうしてそれ以降はもう彼女の話が出ても「はあ」とか「ほお」とか、そんな気の無いリアクションで済ませてきた。

つまり天道つかさという女子は誰もが認める美人で、由緒正しいお金持ちの家の生まれで、恋人がいる男とも構わず寝るような尻軽で、そういったうわさが大学の端から端まで広がるくらい脇が甘いか敵が多くて、それを別に気にするでもなく日々を笑って過ごしているとんでもない存在だった。

だからつい最近「彼女に婚約者が出来たらしい」と聞いたときには「そりゃあまた気の毒な人がいたことだなあ」なんて同情を覚えたものだ。

なにせ天道つかさは学内では男にも女にも距離を取られていて友人なんていないように

見えたし、実際彼女の周りで見かけるのはヤリ目《もく》かカネ目当ての取り巻きばかりで、にもかかわらず当人はそれで面白おかしく過ごしているように思えた。

これではいかに見た目が良くて実家が太くとも結婚までしたい男は中々いないだろう、と思うのは自然なことで。

であれば婚約者はまったく事情を知らないか、騙《だま》されているか、何か已《や》むに已まれぬ事情があるのだろう、可哀想《かわいそう》に、と考えたわけだ。

「こちらが天道つかささん、お前の婚約者だ」

「よろしくお願いします」

しかし、天道つかさの婚約者は他ならぬ僕だった。

「——アッハイ」

なぜか、僕だった。

福岡市のランドマークにもなっている、博多湾《はかたわん》に面したホテルの宴会場で互いの両親、きょうだいと天道のおばあさんが見つめる中、綺麗な姿勢で頭を下げたドレス姿の彼女に「どうしてこうなった」という言葉が頭の中を渦巻いていた。

§

「おねがい！　おばあさまには私のうわさのことは黙ってて！」

衝撃の顔合わせから一日、恐ろしいことに身内には真っ当なお嬢様を通していたらしい婚約者殿は学内で僕を捕まえるなりそう頼んできた。

初夏の爽やかな風が吹きぬけるテラス席で、差し向かいに座った彼女の必死な目をまっすぐに見つめながら僕は重々しく首を横に振る。

「無理」

「ちょっとぉ!?」

声をひっくり返らせて、天道はその綺麗に整えた細い眉を吊りあげた。

ややツリ気味の目は明るい茶色で、繊細《せんさい》な作りの顔立ちは化粧のせいもあってか大人びて見える。

緩く巻いた髪こそ赤みがかった茶色だけど、ド派手すぎるその恋愛遍歴に似合わず、ファッションは普段からちょっと大人っぽくて上品でお洒落《しゃれ》な感じのなんかソレっぽいあれだ。

何系と称するのかさえ僕にはわからないけれど、正直外見だけだったらかなり好みではある。

天道でなければちょっと踏んでみてほしい。

「いや本当に無理、ちゃんと全部説明してこの話は断らせてもらおうと思う」

「ちょっとやめてよ、私の何が不満なの!?」

「性道徳かな……」

「私はね、見ての通り顔が良いの！」

「人の話を聞かないところもだなあ」

「家もお金持ちなの！　スタイルも良いし、なによりすごく顔が良いの！」

「はぁ……」

否定はしないしできないけど、どれだけ顔の良さを推すのか。

確かに必死になってお願いされてると自分がエラくなった錯覚を覚えて気分が良くなるくらいには美人だけど。

「そんな私と婚約なんて、男の子なら普通は喜ぶところでしょ!?」

「や、だってさすがに三日で五人と寝るようなのと婚約は嫌だよ」

「失礼ね！　最高でも二日で三人くらいよ！」

「うへえ」

冗談のつもりだったのに本当にそんな人種存在するんだな、というかそれを口に出せる感性がまずもう相容《あいい》れない。

「それにね、みんな私のこと床上手《とこじょうず》だって褒めるのよ！　男の子を喜ばせるのも好きだし、こう見えてベッドの上では尽くすタイプなの！」

「そういうところだぞ、天道」

　仮にも婚約者になった相手にそんな赤裸々な性事情を聞かせる意味をちょっとでも考えてもらえないだろうか。

「どうしてよ、パートナーはセックス上手な方が嬉しいでしょ。伊織《いおり》くんは違うの？」

「万人に当てはまるとは限らないだろ」

　これが高校生のカップルとかだと一生モノのトラウマを負いかねないぞ。

　僕だって何も知らないまま天道と婚約して、もしも初めてのときにそのテクとバックボーンを知ったらショックで不能になってもおかしくない。

「というか僕の名前、覚えてるんだな」

「なんで婚約者の名前を覚えてないと思うの……？　この前顔合わせたときに挨拶もしたし、そもそも同じ講義も受けているし話だって少しはしたことあるでしょ……？」

　言ってることはもっともなんだけど天道に何言ってるの？　みたいな顔をされるとちょっと腹立つのはなんでだろうな……。

「まあそうだけど、とりあえず名前で呼ぶのはやめて欲しい」

「どうして？」

「好きじゃないんだ、女みたいだってさんざんからかわれた」

「それはからかう方が悪いでしょ、伊織って伝統的な男性名じゃない。宮本《みやもと》伊織とか、時代劇なんかでも見かけるし」

漢字、あってるわよね？　と問う天道に頷《うなず》く。

彼女が言ってることはもっともなんだけど、問題は「なんとなく」女っぽいと言ってくる相手にはそんな正論は通じないことだ。

大学生にもなって「伊織が男の名前でなにが悪いんだよ！」ってキレ散らかすのもあれだしな……。

「あってるけど、まぁ僕のことは名字で頼む」

「志野《しの》の方が音だけなら女性っぽくない？」

まあいいけど、と呟《つぶや》いて彼女は表情を真剣なものに改めた。

「とにかくもっとちゃんと話し合いましょ？　私の言い分も少しは聞いて、あと結局のところ志野くんは何が不満なの？」

「天道の男性遍歴」

「そこをあげられたらどうしようもないじゃない！」

「逆ギレかよ……」

「正当よ、少しは私の事情も汲《く》んで」

「そりゃまぁ世の犯人にだっていろいろあったんだろうとは思うけどさ」

「犯罪者扱いもやめて、そんな悪いことはしてないから」

「大丈夫？　教授と不倫とかしてない？」

「不倫で捕まった人いないでしょ。そもそもしてないし」

「男子中学生にイタズラとか」

「してないっ！　さっきから私を何だと思ってるのよ!?」

「誰とでも寝る女？」

「ちーがーう！　理由があるの！」

　バンバンバン、とテーブルを叩いて天道は抗議する。

　うーん、ヒステリックな挙動なのにサマになるんだから美人は得だな、外見至上主義《ルッキズム》の権化《ごんげ》（？）め。

「だってね私の家ってお金持ちだけどすっっっごく古風なのよ？　こちらの希望なんて一切お構いなしで、おばあさまの選んだ相手と結婚させられるのが生まれたときから決まってたんだから、そんなの年上の脂ぎった中年か、野心家の鬼畜眼鏡に嫁《とつ》がされるって思うでしょ？」

「なんでそんな相手選ぶと思ったんだよ」

「そしたら私みたいな気が強くてプライドの高そうな見た目の女なんて、性的に屈服させようと恥辱の限りを味わわされるに決まってるじゃない？」

「男子高校生の妄想みたいなこと言いはじめたぞ……」

「だったら自由の身でいられる内にちやほやしてくれる男の子たちを相手にヌルくて軽い恋愛ごっこでもしていい気分になっておきたいでしょ！」

「だいぶ共感できない」

「それにセックスって気持ちいいの！　最中《さいちゅう》はいやなことも忘れられるの！　そりゃまぁ、そのあとちょっと虚《むな》しい気持ちになるのも確かだけど……」

「天道って、正直者ではあるんだな……」

「黙っていてくれる気になった？」

「ならない」

「ああもう……！　あとね、ちゃんと私だってそれなりに相手は選んでたのよ？」

「彼女持ちも食ってて、そのうち刺されるかもって聞いたけど」

「失礼ね、ちゃんと体目当ての男の子しか選んでないし、恋人持ちを私から誘ったことは一度もないわ。いくら私がすごい美人だからって、そんな男は遅かれ早かれ浮気するわよ」

「一理はあるのかなあ……？」

「逆に私に本気になりそうな子とか、女の子と付き合ったことない童貞クンとかはちゃんと断ってるし。拗《こじ》らせたら可哀想でしょ？」

「悪女だかなんなんだかよくわからなくなってきたぞ……ちなみに、付き合いの長くて仲の良い童貞とかいない？」

「え？　そうね、それなりに話す中学からの同級生が一人いるけど……なに、妬《や》いた？　彼とはそういうのじゃないわよ？」

「いや全然」

なんなの、とか天道はちょっとむくれているが、そうか自分とだけは絶対に寝てくれない奔放《ほんぽう》な美人の女友達か……これは多分脳を破壊されてるな。

僕は名も知らぬ一人の童貞のために心でそっと涙しておいた。

あれ、でもこのままだと僕が悪役サイドになるのか？　断る理由が増えたな。

「まぁそっちの事情はだいたいわかったよ。そうだな、感想としては……短慮《たんりょ》じゃない？」

「ロジハラはやめて」

「今まさによくわからないハラスメントを受けている僕にむかってよく言えたな」

「婚約者に対してちょっとしたお願いするくらいでなんでハラスメントになるのよ」

「婚約破棄したいのを執拗《しつよう》に止めてくるから、かな」

「仕方ないじゃない！　だっておばあさまはすっっごく怖いのよ!?　これでもし私が原因で自分の決めた婚約が即破談なんてことになったら……！」

「なったら？」

青い顔をする天道を見るに、これはちょっと冗談ではないらしい。

まぁ普通に考えても、怒られるだけじゃすまない事態かもなあ。

あまりにむごい目にあうのであれば、話を断るにしても理由に関しては多少融通《ゆうずう》を利かせてあげてもいいのかもしれない。

「死……？」

「なんでだよ」

それは盛《も》り過ぎだろ、もう怖いとかそういうの通り越してるじゃん。

生殺与奪の権利まで握っているとか天道家ではどんな恐怖政治が敷かれてるんだよ。

「それくらい怖いの！　たとえば私が海外に行くって話のあとで一切連絡が取れなくなったら、第三者には死んでてもわからないでしょ!?」

「ええ……？」

信憑《しんぴょう》性はともかくとして天道自身はガチのマジで、そういった抹殺じみた、現状からの隔離をされてもおかしくないと信じているらしい。

でももし言われたようなことが実際に起きたら僕は「あ、海外《あっち》で男見つけたんだな」って思うぞ、多分。

「ならダメ元で天道から言って婚約を止められないの？　そのために多少僕のこと悪く言うくらいなら構わないけど」

「おばあさまには言っても無駄よ。古い方《かた》だし、たとえ志野くんが女の子が取り乱す姿を見るのが大好きな真正《しんせい》のサディストだとしても、耐えなさいって言われるだけね」

「勝手に人をサドにしないでくれ、誤解されたらどうするんだ」

「それに、そもそも私はこの婚約に乗り気だし」

「は？　なんで？」

「だって志野くんが相手なら今から講義後にデートとか休日はおうちデートとか夏休みに二人でプチ旅行とか普通の学生っぽい恋愛もできるじゃない？　妻というお飾りの地位の裏で性奴隷みたいな立場じゃなくて」

なんかちょっと可愛《かわい》いこと言い出したぞ？

いや後半は被害妄想の産物だと思うけど。

「や、別にそんなの、今までだってできただろ？」

「引き裂かれるのがわかっていて付き合うなんて無責任なこと出来るわけないでしょ。それで本気になられたってお互いに辛いだけだし、どうせ一時《いちじ》のごっこ遊びになるなら、って軽い相手と体の関係だけで済ませてきたの」

ぐ、と言葉に詰まって、僕は突っ込んで話を聞いたのを少し後悔した。

やっぱり短慮だとは思うしその道徳観はどうなんだと思えるけども、なるほど確かに天道には天道なりの考えと事情があったのだと飲み込めてしまったから。

いや飲み込めはしても胸やけは酷いけど、とてもすぐに消化できそうにないけども。

「ねえ志野くん、この婚約もう少しだけ真剣に考えてみてくれない？」

そうしてここぞとばかりに天道は、テーブルに置いていた僕の手にその白くて細くて華《きゃ》奢《しゃ》であとなんかすべすべな手を重ねると、上目遣いで熱っぽい視線を送ってくる。

「だまされんぞ」

「？」

動揺を口に出したところで、返ってきたのは不思議そうな顔だった。

あと小首をかしげる様子がちょっと可愛かった。

「いや、でも結婚を前提の相手が、経験人数三桁はやっぱり荷が重い」

血迷いそうになる自分を叱《しっ》咤《た》しながら、なんとか退路を探す。

恋人の段階でもしり込みするっていうのに、ことは婚約なのだ。話が進めば僕は天道つかさと生涯を共にすることになるわけで、軽々《けいけい》には引き受けられない。

この先は地獄だぞ、よくわからないけど本能がそう訴えている。

「そう……ちょっと待ってね」

次に何を言われるのかと身構えていると、天道はバッグからスマホを取り出し、すっすっと盛んにスワイプしながら小声でなにごとか呟く。

「――……、――……、――」

待て、途中でちっちゃく「はちじゅうきゅう」って言ったぞ、この女。

「――うん、大丈夫。さすがに私も三桁とはしてないから、安心して？」

「いや途中で『はちじゅうきゅう』って言ってたよな」

「『じゅうはち、じゅうきゅう』の聞き間違いじゃない？」

「数えてる最中は『じゅうく』の方が自然じゃないか？」

「まるで探偵みたいね志野くん、でも考え過ぎよ。そんなのその人次第でしょ？」

「ええ……」

それはそうかも知れないけど、そもそも二十人超えならばセーフとでも言う気なのか。

とてもじゃないけどそれだって「ならいいか」ってなる人数じゃないぞ。

「いや、やっぱ無理。引くわ」

「なんでよ！　あのね、言っておきますけど処女なんてそんなにいいものじゃないんだからね!?　昔はそうだったから言うけど、確実に今の私の方がいい女だから！」

「そりゃ女性なら誰だって処女だったころはあるだろ……」

あと世の非処女の人たちも経験人数九十オーバーとはひとくくりにしてくれるなと抗議すると思う。

「それに人数は多くても一晩限りの相手がほとんどだから回数自体はそれほどでもないし！　たとえばセックス百回くらいだったら、経験人数が一人でも二年も付き合っていれば確実に超えるじゃない!?」

「知らんがな」

「ちょっと計算すればわかるでしょ!?」

童貞が知るかそんなもん、公式を教えてくれ公式を。というか本当に百回で済むの？

「ああもう！」

先ほどまでのちょっと余裕ぶって色っぽい仕草はどこへやら、テンパった様子で天道は続ける。

「それに、それにね、その志野くんがなんていうかね、もし見た目的なことを気にしているなら安心して？　私、状態は良好だから！　その、色とか形とかは綺麗な方よ！」

「生々しいのはやめてくれ」

僕は何を聞かされているんだ……。

「変なクセもついてないし、なんなら今からトイレとか行って確かめる？」

「重ねて頼むからやめてくださいお願いします」

これがお金持ちの美人のお嬢様のすることかよお！

シモか、シモの話なのか。

ずいと身を乗り出してきた天道の胸に引き寄せられていた視線が、テーブルの天板越しに腰あたりにいきそうになるのをなんとか踏みとどまる。

「――そ、そうね、これは自分でもちょっとどうかと思ったわ、ごめんなさい」

童貞をドン引かせたのにギリギリ気付いてくれたか、天道は身を戻してコホンと咳払《せきばら》いをした。

「ええと、じゃあ、そうね……冷静に考えて、まずどうして私たちが婚約することになったのか確かめましょ。志野くんはそこのところなにか聞いてない？」

「んっと、たしか昔僕のじいさんがなんかのときに天道のおばあさんを助けたんだったかな。で、なんでもお礼をしますって言われたから結婚して下さいって頼んだけど、天道のおばあさんはもう相手が決まってたから、代わりに将来望めば子供同士を、って話になって、でも父さんは母さんと結婚したから、じゃあまた次代って繰り越しになったとか……」

思い返せば娘も孫もその意思ガン無視で人生決める気ってすごいな、天道のおばあさん。神なのかな？　性別があわなかったりしたらどうする気だったんだ。

「ええ、ええ、そのあたりの因果はよっく言い含められて私も知ってる。でも、今回私との話が進んだってことは志野くんが婚約を望んだんじゃないの？」

「あー、多分だけどこの間父さんにそろそろ彼女を作らないのかって聞かれて『欲しいけど出来ない』って言ったんだ。で、そのあと好みのタイプで『美人のお金持ち』って伝えたら『任せておけ』とか言い出したからそのせいかな……」

「想像以上に経緯がひどい!?　しかもなんでそれで美人のお金持ちと婚約することになって文句を言うのよ！」

「『男漁りが大好きな』ってまったく望んでない属性が付加されてたし……」

「それは理由があるってさっきも説明したでしょ!?」

「されたけど納得できなかったんだよ、僕は。そもそもそんな軽い会話からこんな展開になるなんて想像できないだろ？」

「それはそうだけど、実際にこうなってるでしょ！」

再びヒートアップした天道の声に、周囲から好奇の視線が集まる。

あまり注目されない人生を送ってきた身としてはちょっと歪《ゆが》んだ優越感を覚えるな。

まあ実態はひどい話しかしていないわけだけど。

「もう、いいから黙って私と婚約して結婚して一緒の墓に入って！　それが嫌ならせめて猶予《ゆうよ》を置いたあとでそれなりの理由をつけてから断って！」

そしてあれこれ言いあってきたけど、実際のところそれが手段としては丸いだろうか。

あれだけ大々的に両家がそろった上での話だし、女子への接し方を誤ると母と妹が怖い。

「うーん、まぁそれくらいなら……天道も多少は被害者的な側面があるみたいだし」

「一緒の墓に入ってくれるの!?」

「違うよ、話の流れ的に後者ってわかるだろ。国語力どうなってるんだよ」

「チッ」

　おい舌打ちしたぞ、このお嬢様。

　ちょっと申し訳なく思っていた気持ちが勢いよくしぼんでいくのを感じる。

「はぁぁぁぁ……」

　お返しにクソデカため息をついてやると天道は露骨に顔をしかめたあと、私を前にため息つくなんて、みたいにモゴモゴ言いだした。

「でもさ、こういうのって早いうちに片付けた方が傷は浅くて済むと思うけどなぁ」

「私は早いうちに致命傷になるの——それに、いいの？　そんな態度をとって。猶予期間のうちに志野くんも私と婚約して良かったって思うかもしれないわよ？」

「ハハッ」

「鼻で笑ったわね……!?」

　天道の愉快な冗談はさておき、どうやら当面の間は彼女と婚約者候補見習い補佐くらいの気持ちで付き合っていかなくてはならないらしい。

　絶対に予測は不可能だったとは言え僕と父の雑談がきっかけではあるようだし、ここまで泣きつかれたのを無下《むげ》にして、本当に天道が行方知れずにでもなったらさすがに寝覚めが悪い。

　まぁ、長くても半年くらいかければいいだろうし、僕に何らかの義務が発生するわけでもないしな。

「じゃあ短い付き合いだろうけど、あらためてよろしく、天道」

「ここまで男の子に雑に扱われたのは初めてだわ……！」

釈然としない顔をしている天道にひとまず握手を求めると、彼女はその白い手をなんでか恋人つなぎの形に絡めてきた。

「……何してんの？」

じっと手を見つめる彼女の顔はやっぱり顔面偏差値激高で、華奢な手で緩く何度か掌《てのひら》を握られるとじわじわと手汗がにじみ出てくるのを感じる。

「手を合わせるといろいろ相性がわかるって言うのよね……」

それはつまり僕にとって思わず汗をかくくらいやばい相手ってことでは？

そうしてしばしの沈黙のあと、天道つかさは妖艶《ようえん》に微笑《ほほえ》んだ。

「――ねえ志野くん、ちょっと今からホテル行ってみない？」

僕が無言でスマホの天道家のアドレスを呼び出して見せると、彼女は半泣きで謝罪した。

第二話　婚約者のいる日々

「ねえ志野《しの》くん、ちょっと大事な話があるんだけど」

顔と服装に不似合いな学食の担々麺《タンタンめん》を上品に食べ終えて、天道《てんどう》つかさはそう水を向けてきた。

彼女は繊細な顔立ちの大層な美人で、それを自認してあまつさえ口にするクセのある性格で、いまだ学生の身でありながら九十人を超える男性遍歴を持つ難のある性道徳の持ち主で、つい先日に少々不本意ながらも僕こと志野伊織《いおり》の婚約者となったワケあり女子だった。

「――明日でもいい?」

「なんでよ!　大事な話って言ったでしょ!?」

そうしてややヒステリックに声を裏返し眉を吊り上げていても不思議と不快感が無く、むしろもう少しぐらいからかってやろうかと新たな性癖の発露を促す人徳(?)の持ち主でもある。

僕が天道の世を忍ぶ仮の婚約者候補代理見習い心得となってからしばらくたつが、今も彼女に関する新たな発見は尽きずにいた。

「じゃあ聞くけどさ。せめて昼食くらいはおいしく食べさせてほしい」

「なに、私にあーんでもしてほしいの？　別にいいけど」

「それで男がみんな喜ぶと思ったら大間違いだぞ、食事に集中させてって話だよ」

この自信はどっから来るんだろうな。顔か。

「そうやって私につれなくする志野くんの態度の方が間違ってると思うけど……あとね、女の子と一緒の昼食でカツカレーはどうなの？」

「それを言うならそっちの担々麺はどうなんだよ」

「私はどうせ色っぽい話になんてならないでしょって当てつけだし」

「じゃあ僕もそういうことで」

「『僕も』って言う時点でそういうことじゃないでしょう」

天道は行儀悪くテーブルに頬杖《ほおづえ》をつくと大きなため息をついた。

自分が美人であることをハナにかけ、ついでになにかと押しつけがましい物言いが多いのだが意外や意外にそれでも天道は不思議と話しやすい相手だった。

まぁ多分そういった要素を彼女が誇張して見せているからなんだろうが、キャバクラとかでもやっていけそうだなこのお嬢様は、と思いつつ最後にとっておいたカツの一切れを口に運ぶ。

ルーに浸ってしんなりした厚めの衣に歯を立て、ちょうど脂身のところで二つにかみ切ると、じわり悪魔的なうまみが溢れだす。うん、脂身の甘みと塩辛さたるや良し。

僕は昼食のフィナーレを飾るその一口を心行くまで楽しんだ。

「――ごちそうさまでした」

「おいしそうに食べちゃって、まぁ」

「む」

天道がしみじみとそんなことを言ったのに何となく敗北感を覚えて、お冷《ひや》で口の中をすっきりさせると、自分の分とついでに綺麗に片付けられた彼女のトレーを手に取った。

「食器戻してくる」

「なに、それくらい自分でするわよ」

「いいよ。そのまま席、取っといてくれ」

じゃあ私がと言いかけた天道を「早い者勝ちだ」と切り口上で制して席を立つ。

実際のところ席の心配の必要があるほど食堂が混み合っているわけじゃない。さきほどデリカシーがないと暗に言われたことへの意趣返しのつもりだ。

いい格好とも言えないこの程度のことなんて慣れきってるくらいにはモテるだろうに、「もう」という彼女の小さな声はやけに弾んで聞こえた。

§

「――ほら、彼、戻ってきたから。もう声かけないで、誤解されたくないの」

　そうして返却口から戻ると、天道はチャラそうな二人組をつれなく追い払っているところだった。ほんの数十秒でこれって凄いな。

　彼女がいつどこで誰と話していようが関係ないんだけど、僕に向けられた不躾《ぶしつけ》な視線は少々不快だった。

　無言で見つめ返すと、雰囲気イケメンどもはニヤニヤとした笑みを浮かべてなにごとか二人で盛り上がりながら去っていく。

　ふん、と思わず鼻が鳴った。

「ごめんなさい」

　めずらしくしょげた感じの天道に、尖った声にならないよう気をつけて答える。

「――いいよ、腹は立ったけど天道のせいじゃない」

「あの、婚約の話でちょっとからかわれただけだから、私が言っても説得力ないのはわかってるけど、誤解はしないでね……？」

　顔がとても良い天道はしおらしい仕草も様にはなっていたけども、なんとなくひっかかるものを覚えた。

あわ
あわ

属性的に陽の者だからだろうか、笑ったり怒ったり調子に乗ってたりした方が天道の魅力が発揮される気がする。

いっそ「どう？　顔が良いとこんな風にひっきりなしに声かけられるのよ」みたいにドヤってた方が彼女らしいのではなかろうか。

「いやまあ、そっちはどうでもいいよ。じろじろ見られて腹が立っただけ」

「なんでよ！　その答えはおかしいでしょ!?」

素直な僕の言葉に天道は眉を吊り上げたけれど、男性遍歴を考えればもういいところだしなあ。

知らないところで声をかけられる彼女を気にしていたら、多分僕は一分おきぐらいで気を揉むことになる。とても身が持たないし、その理由もない。

「あのね、志野くん？　一応言っておきますけど、キミとの婚約が決まってからは、私もう誰とも寝てないから」

「え、それ大丈夫？　そろそろ我慢できなくなってない？」

「ちょっと……じゃない！　そうじゃなくて！　少しは見直したり、評価してくれたり、嫉妬だけど疑うそぶりとかをみせて！　私に関心を持って！」

うーん綺麗なノリツッコミ。

「いや、断るつもりの婚約者の行動を縛るって横暴でしょ。あと僕が引っかかってるのは天道が積み上げたスコアだから、これ以上記録が更新されないからって見直す理由にはならないし」

「ロジハラはやめて！　さっきみたいに優しくしておいて落とされると落差がきついの！　なに、志野くんは私を追いつめるのが好きなの!?」

こういうわがままなところはいかにもお嬢さんだなあ、と思う（偏見）。

あと食器片づけただけで優しくされた、なんて童貞みたいなこと言い出すあたり、本当に体目当ての付き合いしかなかったんだなって感じで少々不憫《ふびん》だ。

「仮にそうだとしても天道の自業自得だと思うけど、そんなつもりはないよ」

「だったら伝えるのは後半だけにして……ううう、まさかこういう方向でかえってくるなんて……」

口をとがらせながら髪をくしゃりとする天道はとんでもなく様になっていた。

何気ない仕草が一々ドラマか映画かって感じで絵になるんだから、世の中ってのは不公平だな、と思いつつ壁の時計で残りの休み時間を確かめる。

「もっと！　関心を！　持って！」

それを見とがめた天道にバンバンバンとテーブルを叩きながら抗議された。

「はいはい、何がどういう方向でかえってきたって？」

「過去のツケよ。あのね、男の子の反応なんて大体三つだったの。尻軽だって嫌悪するか、簡単にヤレるって見下してくるか、馬鹿にしながら下心が見え見えか」

「まあ、そんなところだろうね」目に浮かぶなあ、特に最後が。

「でも志野くんって下心もないし、見下しても……なさそうだし？　私のこと嫌いでも……ないでしょ？　そういう相手にこんな対応されるのはこたえるの」

途中途中でずいぶんと自信なさそうだな、と思いつつ一応は頷《うなず》く。

「そりゃ天道がなにしてても自由だし、そもそも魚心あれば水心でそのスコアは男にも原因はあるし、ついでに言えばじきに婚約者でもなくなるしね」

「そこはまだ決まってないじゃない！」

個人的にはほぼ確定だよ。そのために今を耐えてるんだから。

というかここまで言われてまだ婚約を諦めてなかったのか、すごいガッツだな。

「――あ、でもよく考えたら僕との話が破談になったら、天道がこれ以上望まぬ婚約を強いられることもないいんじゃない？　無事生き延びられたらその後はきっと自由恋愛できるよ」

「私、この婚約は望ましいんだけど……あとあんまり拘《こだわ》らない志野くんでも引くのに、いまさら私が真っ当な恋愛できると思う？　それと確かに私が言ったことだけど死の可能性を示唆《しさ》しないで」

自業自得じゃん。とは口に出さないでおくくらいの情けは僕にもあった。

「じゃあどこか遠くで何も知らない相手と付き合うとか」

「志野くんって自然に酷《ひど》い発想出てくるのね……」

「失礼な」

そりゃそうなったら相手は少し可哀想だなとは思うけど、隠し通せばよくない？

別に世の男女も互いの過去をすべてわかりあって付き合ってるわけでもないだろうし。

「で、そういう話がしたいだけだったらそろそろいい？　午後の講義前にちょっと寝たいんだけど」

「ふふふ、そんな理由で男の子に話を切り上げられるのも初めてね……！」

プライドが傷ついた、みたいな顔してるけど、割と天道のそういう反応が面白くてやらかしてしまってるところはこっちにもあった。言わんけど。

「用件は全然済んでないから、昼寝は諦めて」

「ええ……」

「嫌そうな顔もしないで。志野くん、ちょっとスマホ出してくれない？」

「え、嫌だけど、何する気？」

「聞く気があるならなんでまず断るのよ！　あのね、私のスマホに位置情報アプリを入れたから、志野くんの方で見られるように設定してくれる？」

「なんでまたそんなことを」

「言葉だけじゃなくて、浮気なんかしないって証明のためよ」

「付き合ってないんだから浮気も何もなくない？」

一瞬顔をひきつらせた天道は、どうやら聞かなかったことにする気らしくアプリを表示させたままバッグから小さな紙袋を取り出した。

テーブルに置かれたそれはカシャンと何やら硬質で軽い音を立てた。

「それとこれ、操作できるように設定するから」

「なにそれ」

「……女性用の貞操帯《ていそうたい》、スマホで、ロック解除できる、タイプの……」

「はあ」

ははーん？　さては馬鹿だな天道？

「なに？　言いたいことがあるなら言ってよ」

「天道って頭悪かったっけ？」

「いっそ馬鹿だってハッキリ言って！　確かに冷静になって考えると自分でもアレ？　って思ったわよ！」

「良かった、自覚ができてるならまだ引き返せるよ」

「ああもう！　だって志野くん私のこと、かなり性に奔放だと思ってるでしょ!?　こうでもしないと信用されないと思ったの！」

性に奔放ってまただいぶ綺麗な言葉を選んだな。

あとその口ぶりだとまるで事実じゃないみたいだぞ。

「いや、信じろって言うんなら信じるよ。そもそもここまでやらなきゃ駄目なら初めから無理じゃない？」

「うん、信頼してもらうにはそっちの方が正しい気はしてるの。お願いだから少し手加減して、ちょっと言葉を選んで」

「それで嘘つかれたらこっちは見限るだけだから話も早いし」

「正論で殴った後に冷酷な現実を突きつけてくるのもやめて！　泣くわよ！」

「それ撮影してもいい？」

「——志野くん、人の心って持ってる？」

「失礼な」

ちゃんと普段は持ってるよ、今はちょっとお出かけしてるだけで。

「でもそっか、美人を苛《いじ》めるのって楽しいんだな……」

「ねえ、女の子絡みでなにか過去に哀しいことでもあったの……？」

憐《あわ》れまれてしまった。

「いや、ないけど。でも天道と婚約して初めて良かったと思えたのに」

「全然ちっとも嬉しくないわ」

頬杖をついた天道はよそを見ながらはあ、と大きなため息を漏らした。

うん、これはちょっと明らかにやり過ぎだったな。

「ごめん、天道。悪ふざけが過ぎた」

「…………」

頭を下げると、天道の明るい茶の瞳が横目で僕をとらえる。

まつげ長いし目力凄いなと思っていると、彼女はぱちぱちと瞬《まばた》きを繰り返して先ほどよりは軽い感じのため息をついた。

「……いいわ、結局身から出た錆《さび》だものね」

「それでも今度から気をつけるよ」

「なんで志野くん私相手でもそれが言えるのに婚約は嫌なの……？」

天道が九十人超と寝てるからかな、という本音はさっきの今なので黙っておく。

いや、間違いなく僕も調子に乗ったけど、これやっぱちょっと誘い受け体質でツッコミしろ満載の天道にも原因がないか？
・・
いらんことを言いそうになる前に話を進めよう。

「――で、アプリは僕もこれ入れればいいの？　こっちの位置情報もわかるとかそんな罠ないよね？」

「あ、うん、そこは設定次第だから大丈夫……でも、いいの？」

「いいよ、天道がトラブったりしたら役立つだろうし、スマホ落としたり忘れたりしたときに捜すのを手伝ったりもできるし」

さすがに天道も相手を選んでいたとは思うけど、さっきの二人を見ると、そして男が今までヤレてた女の子に対する心証を考えるとなんらかのトラブルは起こりえるだろう。

世を忍ぶ仮の婚約者とは言え、それを見て見ぬふりは寝覚めが悪い。

「……ねえ志野くん、実はちょっと意地悪しているだけで、本当は私と結婚する気だったりしない？　もしそうならそういう小学生みたいな真似ってあんまり良くないわよ？」

「ハハッ」

天道は本当に冗談が好きだなあ。

「また鼻で笑った……！」

歯ぎしりしそうな顔で彼女はポチポチと設定を進めていく。

完了後に起動してみると想像していたよりも精度は高かった。学内ならどの建物にいるか、くらいまではわかりそうだな。

「でもこれって天道のプライバシー筒抜けになるけどそれはいいの？」

「いいわよ、どうせこれからは出来るだけ志野くんに付き合う気だし。第一、普段私がなにしてるかなんてそんなに興味ないでしょ？」

「確かに、まったくないね」

「この男……！」

乗られてキレるくらいなら自分で振らなきゃいいのにな……。

とまれこれで用件の一つは片付いた。

問題はもう一つの紙袋だ。

「それで、貞操帯《そっち》は？」

「………一応、設定だけはしてもらってもいい……？」

「──ちょっと待って」

冷静に考えるとスマホに貞操帯管理アプリを入れられるのか？

それは他人に見られたら言い訳不可能な奴では⁇

「それって結局どういう類《たぐい》のものなの？　あ、出さなくていいよ、袋から出すのはやめよう」

「どうってその、ええと、ステンレス製で内側はシリコンで、T字形で、腰回りのベルト部と、その、貞操部にそれぞれロックがかかる、みたいな……」

「それって、普段の生活はどうする気？」

「お、お手洗いはつけたままで出来るから、お風呂の時だけ志野くんに連絡して外してもらおうと思ってたんだけど……」

風呂の時に外すのはまぁわかるとして、トイレそのままで出来るのか、出せるけど入れられない構造となるとかぶれそうな……いや、深く考えるのはやめよう。

「それ、僕は天道がお風呂に入る前に毎日操作しなきゃいけなくない？」

「あんまり、いい考えじゃない気はしてきたわ……」

寝る時も大変そうだしなあ。

「そもそも本当にお風呂なのかわからないんじゃ意味ない気がするんだけど」

「それは——そうね、ビデオ通話でもする？」

「僕は毎日天道の入浴を見せられるのか……」

「そこは嫌そうな顔しなくていいでしょ!?　喜びなさいよ！　むしろすっぴんを見られる私の方が恥ずかしいんだから！」

「問題なのはすっぴんなのか……」

普通は裸を見られる方が駄目なのでは？　と思ったけど天道はまあ自慢するだけあってスタイルいいし、構わないのか。

うーん、いかにも見せつけ慣れている感がある。

「やっぱりそっちは無しにしよう。そこまで干渉するときりがない」

「そうね、志野くんの負担も大きいし、面倒な女だと思われても逆効果だし」

「いや、最後の心配は今更だけど」

「ねえ志野くん、本当にもう少しだけ私に優しくしてくれてもいいのよ？」

「これで優しくしてるつもりなんだけどなあ」

今日だって昼食を一緒にして、こうしてちゃんと話にも応じているのだ。

恋人がいたことのない童貞にこれ以上繊細《せんさい》な気配りなんてものは期待しないでほしい。

「まあ、本当に嫌なことしちゃったら遠慮なく指摘していいよ、僕もできるだけしないようにに気をつけるけど」

「なんかもう、その言い方がちょっとずるいのよね……」

ここでトーンダウンするあたりダメな男にひっかかりそうなんだよなあ、天道って。

余計な気を回しつつ壁の時計を見ると、そろそろ昼休みも終わろうとしていた。

気づけば食堂の人もかなり少なくなっている。

「天道、ぼちぼち移動しないと。次のコマ、どこ？」

「え、あ、もうこんな時間？　五号館だけど」

「じゃあ途中まで一緒か、もう行くよね？」

「ええ」

律儀《りちぎ》に布巾でテーブルを拭きはじめた彼女に台の始末を任せて、汗をかいたコップを返却口に持って行く。

「お待たせ」

そうして戻りしなに濡れた指をズボンの尻で拭っていると、バッグからタオルを取り出した天道に苦笑いをされた。

「――志野くん、お行儀悪いわよ」

「お嬢様とは住む世界が違うんだよ」

「なにそれ、同じ大学に通う婚約者じゃない」

「それだけ聞くといい感じの関係なのになあ」

食堂を出ると、同じようにのんびりしていたのか周囲には早足が目立った。

婚約者であっても付き合ってもなければ思いあってもいない僕らは、並んで歩いていても、当然手も繋がないし腕も組まない。微妙な距離がある。

「志野くんが受け入れてくれれば『それだけ聞くと』も『なのに』もいらないんだけど？」

たしかに客観的にはそういう見方もできるし、最初に思っていたより天道も悪い子ではなかった。

でも、やっぱり九十人切りはなー……絶望的な価値観の違いを感じて、歩み寄ろうにも腰が引けちゃうんだよなあ。

「あとね志野くん、ちょっと考えたんだけど」

なんて考え込んでいると、天道にくいと袖を引かれた。

初夏の日差しに照らされて、彼女の明るい色の髪はきらきらと輝いている。

「うん？」

「私たち、同棲しちゃえば貞操帯なんて必要ないんじゃない？」

立てた人差し指を唇にあてて、天道つかさは良いアイデアでしょとばかりに微笑《ほほえ》む。

「うん。じゃ、お疲れ」

「ちょっと――!?」

僕は走ってその場を後にし、あとで泣きながら抗議された。

第三話　初の体験X

『志野《しの》くん、ちょっと今から会えない？』

むーむーと震えたスマホが天道《てんどう》つかさからのメッセージを通知欄に浮かべたのは、その日最後の講義が終わった直後のことだった。

見なかったことにしようかな、と考えるより前に既読をつけてしまったので、さすがに今からはスルーもできないと大人しく了承の旨を返信しておく。

「しのっちー、帰んねーの？」

「ごめんかみやん、呼び出し入ったからちょっと行かなきゃ」

「あー、天道さん？」

「そそ」

「やってんねぇ！」

「擦《こす》るなあ、そのネタ」

最近はまっているらしい配信者の真似をしたサークル仲間の友人は、少し声を落とすと「実際どうなん？」と聞いてきた。

「どうなんって、その聞き方もどうなん」

あまりにふわっとした質問に苦笑いしてしまうけども、彼も単なる興味本位で聞いてきたのでないのは顔を見ればわかる。

「いやぁ、だってさー」

なにせかみやんこと神谷大輔《かみやだいすけ》はテキトーそうに見えて僕を名字で呼んでくれる数少ない理解ある友人なのだ、つまり善人である。証明終了。

「天道さんってうわさじゃスゲーじゃん？　ドーテイの俺らの手に負える相手じゃなさそうっていうか、なのにいきなり婚約とかさ、しのっちなんか騙《だま》されてね？」

「直球だなぁ、まぁ言いたいことはわかるけどさ」

しかしそのかみやんにさえもこう言われてしまう天道の悪評っぷりである。しかもそれを邪推だとは言えないところもある。

学内での天道の評判は悪意ある誤解とかじゃなくておおむね純粋な事実だし、僕だって婚約前なら同じように考えていたはずだ。

「ちょっとややこしいんだけど、婚約は家の事情だから騙されてはいないよ。それに天道だってそんなに悪い子じゃないから、多分」

「マ《マジ》？　あ、じゃあ男絡みのうわさって嘘なん？　やっぱ美人だからひがまれてんのかな」

「や、そっちは誇張無しのガチだけど」

「悪い子じゃないとは？」

「それな」

矛盾してね？　とかツッコまれてもそうとしか言いようがないんだよなあ……。

天道の人となりを知った今となっては、多少は擁護《ようご》してもいいかと思うんだけど、詳しく説明するにはそれなりに突っ込んだ事情まで話さないといけないし、本人不在でそれもちょっとどうかと思える。

つくづく触れづらい相手だなあ、我が婚約者殿は。

「とにかく心配するようなことはなにもないよ、でもサンキュな」

「まぁそんならいいけど。てかじゃあ、しのっちは逆玉かー、勝ち組決定じゃん。式はどうするん、やっぱ卒業まで待つ感じ？」

「あ、いや婚約自体は破談にさせてもらう気だよ。天道がどうしてもっていうから今は仕方なく付き合ってるだけで、まぁ長くても秋までくらいかなあ」

「どういうこと？」

それからしばらく、友人のあいだで志野伊織《いおり》鬼畜説がささやかれたのは多分僕が悪かったんだと思う。

§

連絡をもらった場所に向かうと天道は珍しく、本当に珍しく女子と一緒にいた。

ウッドデッキに腰かけた彼女を囲むように三人が立ってなにやら話し込んでいる。

一瞬吊るし上げでもくらっているのかと思ったけど、聞こえてきた声は穏やかだった。

まぁ女子は喧嘩《けんか》のときでも笑ってそうなイメージあるけど（偏見）。

「天道」

その輪の中に入っていく勇気はなく、かといってまごついているのを人に見られるのも恥ずかしい、ということで少し離れたところから声をかけた。

「あ、志野くん」

気付いた天道が軽く手をあげると、僕に背を向けていた女子たちが一斉にこちらを振り向く。見慣れない女子集団の圧に押されるまま僕は頭を下げた。

「ども」

「「こんにちはー」」

ラフな服装の二人は挨拶を返してくれたけど、ジャケット姿で金髪の一人はこちらをやや剣呑《けんのん》な雰囲気で一瞥《いちべつ》してきただけだ。

え、普通に怖いんだけど。なんで初対面の相手にそんな態度とれるの？

ちょっと天道に似た雰囲気の彼女は、そのまま僕を上から下まで眺めると小さく鼻を鳴らした。

「――なに？」

「別に？　……じゃあつかさ、うちらもう行くから。またね」

実に失礼な態度を取ってくれた金髪は、それきり興味を失ったように僕から視線を外すと、一転して優しい声で天道に声をかける。おのれ、顔は覚えたからな。

「うん、バイバイ」

いつもと違う友達向けの顔をした天道は、少しだけ幼く見えた。

きゃいきゃいと賑やかに去っていく三人組を見送ったあと、天道はちょっと申し訳なさそうな表情を浮かべる。

「ごめんなさい、英梨《えり》って私が絡むと男子にはいつもあんな感じなの」

「あー……なるほど」そして名前も覚えたぞ、金髪女子の英梨さん。

天道の過去を考えればろくでもない男もさぞ多かっただろうし友情の表れということか。

それならまあわかるけど、望んだわけではないとは言え僕はちゃんとした婚約者候補見習い補佐なんだけどな。あるいはだからこそ目が厳しいのか。

「まあ、いいよ、そもそも天道が謝ることじゃないし。それより女子にも友達いたんだな」

「ちょっと、その言い方はさすがに失礼でしょ」

「や、だって今まで見たことなかったし」

「それは男の子たちといることが多かったからじゃない？」

「——ああ、そっか」

しかも思いっきりヤリ目《もく》の連中だしなあ、うちの大学はそこまでヤバいのはいないと思うけど、ご同類でもなければ普通の女子は積極的に絡みたくもないか。

「あとは志野くん自身もそんなに私に興味なかったでしょ」

「そんなにっていうよりはまったくかなぁ」

「ぶつわよ」

「ごめんて」

ガチトーンの低い声で言われたので即座に謝罪しておく。

本当のことではあるけど、それなら何でも言って良いってわけじゃないし、まあ一応ね。

「ええと、それでなんの用？」

仕切り直しでそう聞いてみると天道はまたなんとも言えない微妙な表情をした。

大層な美人にそんな顔をされると、あれ、なんかやっちゃった？　みたいに落ち着かなくなるけど不当な圧力には屈しないぞ。だから早く返事してほしい。

「あら、用が無いと呼んじゃいけないの？」

「え？　うん」

深く考えずに頷《うなず》くと天道が固まった。

「……ふ、ふふふ。そういうこと言うんだ？　いいじゃない、どうせ志野くんなんていっつも暇をしているんだから予定なんてないでしょ！」

「ひどくね？」

なんてこと言うんだ、いやだいたいにおいてはその通りなんだけどさ。

「や、でも今日は商店街のネカフェ行こうと思ってたから、友達と」

具体的には某国民的海賊漫画の読んでない単行本がたまってきたので、そろそろ読み進めようかと思っていたのだ。

「志野くんに友達なんているの？」

「さっきよく僕に失礼だなんて言えたな……」

「だからよ、これくらい言い返したっていいでしょ。それで、その彼はどんなイマジナリーフレンド？」

「違う、勝手に僕の友達を空想の産物にしないでくれ。あとなんで彼・って男に限定した？」

「あら、違った？」

「違わないけどさ……」

僕にだって女友達の一人や二人くらい、くらい……高校の同級生とか顔見知りはいるけども友人かと聞かれると怪しいな。

ぐぎぎと言い返せずに屈辱に震える僕をしり目に、天道は優雅に立ち上がる。

「それじゃあ、行きましょう」

「え、どこに？」

「ネットカフェに行くつもりだったんでしょう？　そういうことならお友達のかわりに私がついてってあげる」

嬉しいでしょうと言わんばかりの天道の表情は顔面偏差値激高で、同時になんでも思い通りになるなよという反骨心を呼び起こすものだった。

「あ、いや、結構です」

「どうしてよ！」

§

結局がんとして聞かない天道に根負けして二人で訪れたネカフェの受付で、改めて僕は世間的には天道が同行するというのはどういうことかを理解した。

ペアシートを要求する彼女に、別々の席で良くない？　と返す僕を見る店員の目が「マジかこいつ」と言わんばかりに冷たかったのだ。

なるほど確かに一見《いちげん》さんにはただの顔の良い女かもしれないけれど、実際は結構なワケあり物件だからな！

なお結局押し切られてペアシートになった模様。僕は、弱い（本日二敗目）。

「ネットカフェに来るのって初めてなんだけど、思ってたより明るい感じなのね」

そんな僕の内心も知らずにお嬢様っぽい発言をした天道は、物珍しそうに視線を巡らせていた。なんだかちょっと楽しそうである。

「や、店によって全然違うよ、ここの系列はこんな雰囲気みたいだけど」

僕は使ったことないけど、中には狭い暗い煙《けむ》いとアングラな感じのところも残っているみたいだし。

「ふうん」

「待った天道、行きすぎ」

「あ、そっち？」

物珍しさからかブースを素通りした彼女を呼び止める。

周囲からは少し声を落としたカップルと思わしき男女の会話が聞こえてきて、ただの賑やかさとは違うその秘め事めいた空気はなんだかむず痒かった。

スライド式のドアを開けると、二人がけの大きめのソファーがどんと出迎える。ＰＣと

ＴＶが置かれたテーブルの下にはフットレストがあって、文字通り脚を伸ばせる空間の余裕があった。

「――なんだか、ちょっとえっちな感じね？」

僕に先んじてソファーに腰かけた天道は、ブース内を見回すとそんなことを言い出した。

「個室ってだけでその発想が出てくるのはヤバくない？」

いや、ちょっと僕も似たようなことは考えたけどさ、そこまで露骨じゃない。

しかも天道のそれはなんかちょっと「あ、ここでこっそり出来そう」みたいで妙に生々しいんだよな、偏見だろうか。

「そう？　高校生がホテル代わりに利用してるって聞いた気もするけど」

「なんでそんなことだけ詳しいんだよ……変な真似したら大きな声出すからな」

「そのセリフをキミが言うの……？」

豊富な実績がある上で、危機感を煽《あお》ってきたのはそっちなんだよなあ。

まぁこれ以上この話を続けてもろくでもない流れにしかならなそうだ。

とっとと目的を果たそうとブースには入らないままソファーにバッグを下ろす。

「じゃあ僕は本とってくるから、天道もなんか見てきなよ。ドリンクバーの使い方はわかるよね」

「大丈夫、そんなに世間知らずじゃないわ。ファミレスと一緒でしょ？」

「うん、あと貴重品を入れる金庫はそこ。僕は使わないから勝手に番号決めていいよ」

「ん、わかった」

それじゃと身をひるがえした僕の背に「いってらっしゃい」と声がかけられる。

計算なのか天然なのか、どっちにせよ油断ならない。流されんぞ（鋼の意志）。


確認用に最後に読んだ巻と、未読分をとりあえず三冊、それからコーラを抱えてブースに戻ると天道の姿はまだなかった。

できればすぐに逃げられる通路側が良かったんだけどな、と思いつつソファーの奥側に陣取る。パラパラと既読巻を眺めながら話を思い出していると扉が小さくノックされ、雑誌とコップを持った天道が戻ってきた。

「ただいま、早かったのね志野くん」

「……おかえり」

さっきといい、妙に同棲感みたいなの出してくるのはなんのつもりだろうな……。

とすっ、とそんな感じの軽い音を立てて隣に腰かけた天道から、ふわりと柑橘《かんきつ》系の爽やかな匂いが漂う。

それを機に、あらためてこんな狭い空間で二人きりなんだなと強く意識して、途端にこの顔の良い女子から今までとは違う圧を感じてしまう。

「天道」

「なぁに？」

顔を上げた拍子にこぼれた髪を耳にかけなおしながら、天道が軽く首を傾げる。

なんで一々そんな絵になることばっかりするのか。

「ここからこっちには入ってこないでくれ、僕の席だから」

「ねえ、その反応はおかしくない？」

ソファーの境目を指で示しながら言うと、お綺麗な顔が一気に険しくなった。

「や、必要なことだから。肩に寄り掛かって来たり、腿《もも》に手を置いたり、手を撫でたりしたら店の人呼ぶからな」

「だから、なんでそんなガードが堅い女子みたいなことを言い出すのよ！」

小声で怒鳴られたけども、すぐ隣に釘刺しとかないと平気でガード貫通攻撃してきそうなのがいるからだよ。

自意識過剰と笑われようとも、こういうところをおろそかにするとほころびが生まれるんだ。よくわからないけどきっとそう。

「というか別にする気が無かったなら、そんなに反発することないだろ」

「……だって、失礼じゃない。そもそも今志野くんが言ったのって、そんなに嫌がることと？」

彼女が視線をそらしたことで僕は自分の心配が杞憂ではなかったことを確信した。

というかまぁこの天道つかさがペアシートに入っておいてブース内で何も企《たくら》まない方が不自然だという、そういう積み上げた信頼がある。信頼とは？

まぁ今のやりとりで正直者の天道が一度も「しない」とはっきり言わなかったあたり確定だしな……。

そうしてしばらく互いに本に視線を落としては相手の様子をうかがい、見ていませんよとアリバイ作りのために、コップに手を伸ばすという実に不毛なけん制が行われた結果、一冊目を読み終える前にコーラが尽きた。

同時に天道がテーブルに置いたコップも、明らかに中身が入っていない軽い音を立てる。

「天道」

「なぁに？」

「不毛だから休戦しよう。僕も信じるから、天道も変なことしないって約束してくれ」

「――そうね、元々そんなつもりはなかったけど、あらためて約束するわ」

周囲から聞こえるくすくすという忍び笑いはまるで僕たちに向けられているようだった。

§

勝利しても得るもののない争いの果てで、徒労感と引き換えに僕らが手にしたのは多少の相互理解と平穏なひと時だった。

例えば今僕が読んでいる漫画を天道も中学時代に友人に借りて話の筋は知っていたことだとか、彼女が読んでいるのは僕でも名前を知っている女性向けの雑誌であるだとか。

「天道も、そういうの読むんだな」

「ええ」

もちろん彼女が興味をもっておかしい雑誌ではないけど、なんとなくお嬢様なうえに独自路線を貫いている天道には不似合いに感じられる。

「おばあさまの目もあるから自分では買わないけど、せっかくだから」

「ああ、なるほど」

だからその返事は納得ができた。一人暮らしを始めたら実家では止められてたインスタント食品ばっかり食べたくなるようなものだろう。……そうかな？　違う気がするな。

「ちなみに志野くんはこれとこれだったらどっちのメイクが好み？」

「いや、聞かれても困るんだけど」

まずどう違うのかさえわかってないぞ！

「いいから、印象で答えて」

「それじゃあ、最初の方かな……」

ふうん、とか天道が言ってるけど、メイクよりモデルを見て言っただけなんだよな……あれ、でももしかしてこれ同じ人だった可能性あるんだろうか。

「それじゃあ……」

天道がネコ科の肉食獣を連想させる笑みを浮かべて、こちらにも見やすいよう雑誌をソファーのちょうど境目に配置する。

こっちから話を振った以上、もう興味ないです、と話も打ち切りづらい。

それを読んでの笑顔なんだろうけど、それはそれとして普段読む機会の無い雑誌への興味はあった。

「じゃあこのコーデは？　どう？」

示されたページを見てまず気になったのは、モデルの横に書かれた各種アイテムの値段だった。

「えー……なんでこれズボンだけこんな高いの？　桁が違うんだけど、あと靴は妙に安いし、これって誤植？」

「そんなわけないでしょ、あと見るべきところはそこじゃないから、もう……ちなみにこれなんて志野くんの好みっぽいかなと思ったんだけど」

最初に見せられたのはどちらかというと天道に似合いそうな格好いい感じだったのに対し、次に彼女が指さしたのは一転して女の子っぽい服装だった。

煽り文句にもフェミニンがどうとか書いてある。

「非モテの男子が全員ロングスカートを好きだと思っているなら大間違いだぞ」

「別にそんなつもりはなかったけど、どうして自虐《じぎゃく》するのかしら……」

「あとこっちはサンダルとバッグだけ変に高くない？　なんでこうアンバランスなのさ」

「ミュールね、だからそういうものなの。それで、どっちがいいと思う？」

「うーん……天道に似合うのはズボンの方じゃない？」

やっぱファッションはわかんないなと首をひねりながら答えた僕に、天道は「参考になったわ」と意味深な笑みを浮かべた。

その後もなんやかんやと話しながら予定の三冊は消化したあとで、スマホが振動して時間を告げる。

「そろそろパックの時間終わるけど、もう帰るよね」

「え、もう三時間たったの？　大丈夫だけど、最後に心理テストに付き合ってもらえる？特集があったのよね」

「心理テストかぁ……」

女子って好きだよなあ、いや男子にも結構いるけど。

「回答は二年後でいい？」

「それ絶対キミも忘れるでしょ、三秒で答えて」

「考える暇ないじゃん……」

「反応良くないわね。まぁイヤなら無理にとは言わないけど」

「や、いいよ、別に絶対にしたくないってほどじゃない」

ただちょっと、人の心を試して分類しようっていうその考え方自体があんまり好きになれない。ナイーヴな意見だろうけど。

まぁ延長料金の発生まではまだ時間もあるし、ブース内を片付けつつどうぞと促す。

「そう？　じゃあ――」

天道が最初に挙げたのは川の対岸に住む恋人同士の話だった。

洪水が起こって恋人の身を案じた女は、危険を承知で向こう岸に渡ろうとするも、一人目の船頭には大金を要求されて断念。断腸の思いで二人目の船頭の要求に応じ、自分の体を代価として川を渡る。

しかしそれを知った恋人の男は激怒して女に別れを告げる。失意の女に一部始終を見ていたという別の男があらわれて二人は結ばれる――

「恋人同士のわりにお互いのことをわかってない上に話し合いも足りないよな、その二人。これが無くてもどうせなにかで別れてそう」

「もっともだけど、そういう話じゃないから。男の子ってそういう茶々入れが好きよね」

これはどっちかというとマジレスでは？

「で、えーと一番許せる人と許せない人だっけ？　許せる方がお金を要求した船頭で、許せないのは最後に出てきた男かなぁ」

船頭もカップルもそれぞれの理由と言い分はあるけど、最後の男のそれだけは単に女とくっつくためにわざと見逃していたみたいな印象なんだよな。あくどい、あくどくない？

「これはその人が重要視しているものがわかるっていう触れ込みね。志野くんの場合は家庭が大事で、お金は軽視する傾向みたいね」

「へえ」

的外れとまでは感じないけど、これそんな心理テストなんて大層なものなのかな……。

「ちなみに天道の結果は？」

「許せるのが女で、許せないのは恋人の男なんだけど……」

まぁなんとなく女子の回答ってそんな気はしてた（偏見）。

「それで、分析の方は？」

「重視するのが愛で、軽んじているのがモラル……道徳、ね」

「あっ……」

実に色々と察してしまう回答だな……というか道徳と愛って相反していいものだろうか、道徳無き愛はそれはもうただの欲望なのでは？

「ええっと……」

微妙に天道が気まずい顔をしてるけど、もう少し考えて出題していただきたい。

これはある意味僕も被害者だぞ。

「つ、次に行きましょ？　えー、夢の中にあなたの好きな人が出てきました。が、その体の一部がありません。それはどこ？　目、手、脚、心臓から選んでください」

「まだやんの……？」

「これを最後にするから、もう一問くらいつきあって」

「ええ……んーと……」

目がないとなんもかんも大変だよな。手がないのもかなり生活で苦労しそうだし、脚がないのは義足を使うとか、手が残っていれば車いすでなんとか補えそう。心臓がないのはもうそれ好きな人だったものでは？

というかこういうことを考えちゃって、ぱっと答えが出てこないのもあんまり好きじゃないんだよなあ、心理テスト。

もしくはそういうとこまで考えることを計算に入れた設問なのか。

「――まぁ、脚、かな？」

「脚ね、これは相手に向ける独占欲の種類を表しているらしいわ。志野くんは自由を独占したいタイプ。常に相手の行動を知っていたいとかそういうのね」

「ええ？　目とかでも同じな気がするけどなあ、間違ってないそれ？」

「だから、そういうこと言い出したらキリがないわよ」

苦笑いの天道にたしなめられてしまったけども、どう考えても生活への影響は他とくらべて脚の方が少ないと思うんだけどな。

やっぱ合わないな、心理テスト！（さっきぶり二回目）

「それにほら、実際に志野くんのスマホには位置追跡アプリが入ってるじゃない？」

「それ天道の希望で入れたやつじゃん、最初の日以来起動してないよ、僕」

風評被害を起こすのはやめて欲しい、訴訟も辞さないぞ。

「――ちなみに天道は何だったの、ソレの答え」

「私？　私は心臓、社会的な独占欲ね。結婚して相手を独り占めしたいとかそういう類《たぐい》」

「ガチじゃん……」

「あら、私たちは婚約者なんだから別に悪いことでもないでしょ」

「アッハイ、じゃあ時間だから帰ろう帰ろう」

「ねえ、なんで今嫌そうな顔したの！」

それは精神衛生上、聞かない方がいいと思うけどな……。

僕は「好きな相手が僕想定なの？」なんて藪蛇《やぶへび》は避けたんだから、天道ももう少し賢く立ち回って欲しい。

§

ネカフェを出たころにはすっかり日は落ちていて、大した距離はないとは言え現地解散もどうかと同行した西新《にしじん》の地下鉄駅までの道は、仕事帰りのスーツ姿の人が多かった。

列車の到着と被ったのか、川のような人の群れをよけて階段を下りていく。

「なんだかめちゃくちゃ疲れた気がするな……」

「私みたいな美人と三時間も狭い空間にいて感想がそれなの？」

天道といたからなんだよなあ、という言葉はのみ込んで、僕はヒラヒラと手を振る。

「この反応……！」

というか天道は何でこんなに元気なんだろう。陽の者と陰の者の違いだろうか。

ぐぬぬ、とか言いそうな顔をしていた彼女は、僕を見る目からふっと力を抜いて柔らかく微笑《ほほえ》んだ。

「でも、今日は楽しかったわ、ありがとうね」

「あー、ネカフェ初めてって言ってたっけ？　それならまぁ良かったよ」

勝手について来られたわけだけど、それでつまらなかったとか言われるよりは、こう言ってもらった方が僕としても気分は良い。

「ほら、前に私言ったでしょ？　講義のあとで出かけたりもしたかったって」

「あー、うん、言ってた、かな」

そういやネカフェだって友達と行くくらいはできそうなもんだけど、高校時代は門限とか厳しかったのかな。と考えたところで何かが引っかかる。

講義のあとで云々は、そう言えばどういう場面で聞いた話だったっけ？

「ここまででいいわ、改札前は混むから」

「あ、うん」

僕がそれを思い出すより前に、券売機の前で天道が足を止める。

「送ってくれてありがとう、じゃあまた明日ね」

「おつかれ、また明日」

ざわざわと騒がしい駅の構内で、特別に声を張っているわけでもないのに天道の言葉は不思議なほどよく聞き取れた。

「今度のデートはまた別のところに行きましょうね」

「えっ」

そうして、良い笑顔でそんな爆弾発言を残して彼女はさっと身をひるがえす。

え、デートだったの、これ？

「あ――」

引き留める間もなく改札の向こうへと消えていく天道を僕は呆然と見送った。

そのときになってようやく、天道が以前語ったのは僕との婚約なら講義後にデートもできるという趣旨の発言だったことを思い出した。

そして今日のことは、第三者が見ればまぁほぼほぼネカフェでのデートだっただろう。少なくとも僕自身でさえそれを世迷言《よまいごと》だなんて切って捨てることはできない。

「ええ……何てことしてくれるんだ……」

不意打ちで人生初のデートを知らぬ間に終えてしまった僕は、やけ食いをしてから帰路に就いた。

第四話　欲望とかそういうの

「――えっちしてください」

大事な話がある、と人気《ひとけ》がない学内のベンチに僕を連れ出した婚約者殿こと天道《てんどう》つかさは、切羽詰まった表情で開口一番にそう言った。

「は？」

「えっち、してくださいっ！」

そうして思わず呻《うめ》いた僕を、やや潤んだ目で恨めしげに睨《にら》んだあと、音量を上げて同じ言葉をもう一度繰り返した。心底勘弁してほしい。

「違う、今のは聞き返したんじゃないんだ」

「志野《しの》くんは女の子にここまで言わせておいて思うところはないの!?」

「僕の中で一般的な女性と天道は違うカテゴリに分類されてるし、あと勝手に言っておいて僕が言わせたは無くない？」

あと、えっちって言い方がちょっと可愛《かわい》いなとは思った。

確か前までセックスってズバズバ言ってたのに。

「そういうのは今いいから！」

えらく余裕がないなあ、と酷《ひど》いセクハラの衝撃からなんとか立ち直りつつ頭を働かせる。

いやこれ本当に男女逆だったら捕まるだろ、世は実に不公平だな？

「えーと、それは婚約は破棄してもいいから誰かとセックスさせてくれって話？」

「違うわよ！　流れでどう考えても志野くんとしたいってわかるでしょ!?」

「え、無理だけど」

「無理って言うなぁ！」

だんだんだんと机がないのでスタンピングする天道。兎《うさぎ》かな？

「あのね志野くん、ヤダならまだ凹むだけで済むけど、無理って言われると立ち直るのに気力がいるの！　やるせなさで泣きたくなるの！」

「そんなこと言われても……」

すごく元気そうに見えるんだけどな。

「大体ね、そんな言葉選びをしてたら、もしほかの女の子と付き合ってもすぐに破局するんだからね？　そういう態度って女子は絶対に忘れないから！」

「勉強になるなあ」

あとその物言いだとちょっと僕と天道が付き合ってるように聞こえるのでやめて欲しい。

「他人事！　なんで!?　どうしてするのが嫌なの！　こんな美人が誘ってるのよ!?　普通

喜ぶか、そうでなくてもとりあえずで受ける話でしょ！」

相変わらず顔に自信のある女だなあ、まぁ言ってることは今回に限れば正論に近いだろう。美人に誘われればそりゃ大抵の男は喜ぶ。ただし一部の童貞は除く。

「そういう気になれない、からかな……」

「ならいつなるの!?　どうしたらなってくれるの!?」

「いや、少しは落ち着いてよ天道、なんでそんなに興奮してんのさ」

ちょっと今までになかった彼女の態度に、なんとか軌道の修正を図ろうと試みる。

「志野くんがつれないからでしょ!?」

元々がとんでもない要望とは言え、こんなに興奮されてたんじゃびびってしまって、おちおち話もできやしない。

「だって『したい』としか言われてないし。もう少しちゃんと理由を聞かせてくれたら僕だってちゃんと考えるよ」

「うう……」

まあもし天道がセックス依存症でその禁断症状とか言われたら、ご実家に連絡して引き取ってもらって、以降は他人の顔をするしかないけど。

「その……近いから……、ね？」

なにやら怒りとは違う感じで顔を赤くした天道が、珍しくもごもごと歯切れ悪く呟《つぶや》く。

「え、なんだって？」

振りではなく普通に聞き返すときっと睨まれた。なんでだ。

「……せ、生理が近いから、そういう気分なの！　それで、こんなに長いことしてないの、久しぶりだから自分でもちょっと困ってるの！　悪い!?」

「ああ、えっと……つまり発情期？」

「もうちょっと言い方があるでしょう!?」

いやなくないかな、そんなの。悪い想定が当たらずとも遠からずだし。

生理でホルモンバランス崩れて云々とか、とにかく大変なのはぼんやりと理解してるつもりだけど、天道のこれもそういう範疇《はんちゅう》なんだろうか……。

わからん、女子のことはさっぱりわからない。

「ね、もういいでしょ？　正直に話したんだから、その……相手、してよ……」

真っ赤な顔で小さく呟いた天道に、そうだなあ、と口の中で呟き——

「とりあえず、ちょっとその辺走ってきたら？」

笑顔でそう提案してみた。

§

「おつかれ、天道って足速いんだな」

「……志野くん……キミ、絶対……モテないわよ……」

「ひどいな、なんてこと言うんだ」事実陳列罪だぞ。

グラウンドを走る天道の姿は、それはもう大層注目を集めた。

空き時間中に遊んでる面々や、体育会系の部員が走りこんだりはしているけれども、学内でもうわさの天道つかさがスポーツウェア（元々ジムに行く予定だったらしい）でジョギングだかランニングだかを一人でしていれば目立ちもする。

ついでに言うと彼女は走る姿勢も綺麗だった。

「ひどいのは、志野くんだから……もうやだ……」

「でも気は紛れたんじゃないの？　はい」

運動で性欲を昇華するのは保健体育で教わる基本テクだしな。実践したことないけど。

「お礼は言いたくないけど、ありがと……」

今にも倒れ込みそうな天道にタオルと飲み物（どっちも彼女の）を差し出すと、実に不満そうな顔と複雑な声音《こわね》の礼がかえってきた。

「僕なりに最善手のつもりだったんだけどなあ」

「絶対、もっと他にいい手があったから……志野くん、せめてこの努力は評価してよね。じゃなきゃ我慢のし損だわ」

「性欲のコントロールなんて本来はできて当然だと思うけど、うん」

「余計な前置きつけずにいれないの？」

よっぽど疲れたのか、天道の言葉は少々刺々《とげとげ》しかった。

顔の良さを自負する彼女にしてみれば、仮にも婚約者相手に断られたのも面白くはないだろうし、これ以上は茶化しちゃいけないな。

「ごめん、でも他の手段が思いつかなかったのは本当だから」

「……なんで？　そこまで私としたくない？」

「や、だって婚約を断る気なのは変わってないし」

責任をとる気はないけどヤラしてくれるんならヤるわ、では天道のうわさ以下に酷いことになってしまう。

あともっと言えばそうなったら確実に情が移ってしまう自信があった。

初めての相手とか初恋の人（笑顔がとても素敵だった保育士の優美《ゆみ》先生）並みに忘れられないだろ、童貞的に考えて。

「なんでそう、志野くんって局所的にまじめなのかしら……」

「僕としては全般的にまじめなつもりなんだけどな」

うう〜、と唸《うな》る彼女は納得はしてなさそうだけど怒りは多少おさまったらしい。

「というか天道の誘い方からして、もうちょっと軽い話かと思ったんだよ。あれでそんなに怒るほど深刻には思えないって」

「なんでよ、いくらなんでも軽い気持ちであんなことは言わないわ。まして、志野くん相手に」

「や、だって誘い方下手すぎでは？　最初は悪い冗談かと思ったよ」

直球にもほどがあるというか、あれ本当に男が言ったら捕まって終わりだからな。

いや、最近の流れなら犯人が女子でもワンチャンあるか？　でも仮にそれで天道が捕まったとして僕は一切得をしないしな……。

「だって初めから体目当ての軽い相手に、勝ち筋しかない勝負しかしてこなかった私がそんな上手な恋の駆け引きなんて出来ると思う⁉」

「ええ……」

色々と考えていたら実に酷いぶっちゃけがきた。

あとあれは恋の駆け引きとかそういう次元とは別の何かだったと思う。

「時々見せてた恋愛強者っぽい余裕はなんだったんだよ」

「いいじゃない、ちょっとした見栄くらい張らせて」

「出来ればそのままずっと張り通してもらいたかったな……」

嘘か本当か、僕の中で天道のぽんこつ度がどんどん上がっていってしまう。ただの悪女よりは好感が持てそうなのがよろしくないところだ。

「志野くんがそうさせてくれないんだけど……あー、でも汗かいちゃった……」

「結構がっつり走ったもんなあ」

パタパタとウェアの胸元を引っ張って風を送り込みはじめた天道から視線をそらすと、わざとらしいクソデカため息が聞こえた。

「二号館のシャワー室って借りられるらしいよ」

「あらそう――一緒に入る？」

「ハハッ、なんで？」

「この――――！」

いつものごとく冗談に笑って答えるとタオルが投げつけられた。それが地面に落ちる前になんとか拾い上げる。

「っとと」

天道はむくれた顔をしているけども、セックスを断った相手がなんでシャワーなら受けると思うのか、言ってみただけなのか。

タオルの匂い嗅いでやろうかな、と思いつつ差し出すと、ひったくるように奪い返された。

うーん、狂暴。

「志野くんのせいで汗かいちゃったからシャワー浴びてくるわね」

「ごゆっくり」

あてつけのつもりか意味深に聞こえそうなことを言われたけど、グラウンドで走った後じゃ誤解の余地もないよな。

それでもじわりと集まった好奇の視線を避けるべく、僕も足早にその場を立ち去った。

§

「――え、志野くん待っててくれたの？」

シャワー室が併設されたトレーニングセンターからスマホ片手に出てきた天道がそう言ったのと、暇つぶしにやっていたゲームの画面に「今どこ？」と彼女からのメッセージが浮かんだのにはわずかな時間差もなかった。

「うん。元々このコマは空いてたし、今は特に眠くもなかったし」

まぁ女子がシャワーにかける時間を甘く見ていたせいで、かなり暇を持て余すことになったけども。

「ふぅん、そうなの」

と中々アンニュイな声で言った天道は、いくらかさっぱりとした様子だった。

明るい色合いの長い髪はちょっと巻きが緩くなっている。まあこれを乾かすだけでも一苦労だよなあ。

そう言えば少し前まではもう少し化粧が派手だった気がするけども、そのあたりはどうなんだろう。あ、なんかいい匂いする。

「なあに？」

「や、少しはすっきりしたのかなって」

「ええ、多少は。シャワーついでに一人でしてきたし」

「ぶほッ！」

はしたない！　はしたないぞ天道！

「ごほっ、ごほっ……！」

思わずむせた僕を見て、彼女はちょっと意地の悪い笑みを浮かべた。

「へえ、志野くんでも恥ずかしがったりするのね」

「――そりゃあするよ、僕を一体なんだと思ってるんだ」

「最近は血も涙もない婚約破棄マシーンなのかなって思うときはあるわね」

「製作者の正気を疑いたくなるような用途の狭さだな、僕……」

「ちなみに、何を想像してむせたの？」

「アーアーキコエナイキコエナイ！」

やめろ、その攻撃は僕に効く、やめてくれ。深く考えないようにしてるんだから。

なにせ婚約者となって交流がはじまってからというもの、「なんかとんでもない性道徳のとんでもない美人」だった天道つかさは、ちょっと考えなしで、とんでもない美人で、やっぱりどこか相容《あいい》れない価値観の持ち主で、その割に一緒にいても苦ではない、女友達だったら知り合えたことに手放しで万歳したくなるような等身大の女の子になっているのだ。

「志野くんってやっぱりうぶなのね」

そういう相手の性的なところに深く突っ込むと、どうしたって始末が悪いことになる。とくに婚約者という将来を約束された勝利のポジションなのが良くない。

だから至急そうやってしなを作るのはやめろください。

「ふふ」

「勝ったと思うなよ……」

含み笑いで上機嫌の天道にそう言うと、顔の良い悪魔は目尻に浮かんだ涙を拭った。いや、ちょっと笑い過ぎじゃない？

「――ねえ」

「なに？」ついむっとした返事になった僕を見て、天道はまたしても小さく吹き出す。

「志野くんは、なんで私に付き合ってくれてるの？」

「付き合ってないよ、誤解だよ。僕はただの世を忍ぶ仮の婚約者だよ」

「そっちの意味じゃなくて、わかるでしょ」

ようはシャワー上がりを待っていたり、食事を一緒にしたり、とそっちの話らしい。

確かにまぁそこらの理由を曖昧《あいまい》にして、変に天道に気を持たせるのも良くはないな。

「あー、うん。この前さ、家に電話して婚約について父さんにちょっと確認したんだ。なんで僕に婚約者……っていうか婚約話があるのを教えてくれなかったんだって」

「ええ」

「そしたらお前は保険があると知ったら、女の子に好かれる努力をしなくなるだろうから黙ってたって言われてさ」

「そ、そうなの」

「あんな酷いこと言われたのは、小学校で女子に『志野はなんか嫌い』って言われて以来だよ……」

「ええと、それは……うん、傷つくわね」

こんなに言葉に困っている天道を見るのは初めてだな、ふふ、死にたい。

そして婚約者候補の存在を知らなくても、女子に好かれずにここまで来たんだよなあ。

じゃあなんスか、僕が非モテなのはもう避けられない運命だったってことスか。

いやまぁ、人生でモテることに比重を置いて努力してきたかって言えばそうじゃないから仕方ないと言えばそうなんだけども（強がり）。

「それでまぁ兄の方は恋人ができたときに天道の家に断りを入れたらしくて、僕もそのうちに片付くだろうって考えてたらしいんだけど……」

要するに父としてもこの時代錯誤な婚約話を積極的に推す気はなかったんだろう。

だけど僕が彼女も作らず二十歳になろうとして、あげくに美人でお金持ちの彼女が欲しいとか言い出した日には、黙っているのも天道家への義理を欠くと考えたわけだ。

「まぁ、承知の通り僕に彼女なんてできなかったからさ、こうなったみたい」

「そう」

とは言え、なんで黙って決めたんだって一応抗議したら「恋人が欲しいと言うばかりで行動しないやつに選択肢を与えても決断などできん。むしろ快く承諾してくださった先方と自分に感謝しろ」とまで言ってくれたからな、あの男《ちち》め。

自分は美人の奥さん（母）をゲットして幸せな家庭を築いたからって偉そうに……！

「それはなんというか……志野くんにとっては、残念、だったわね？」

「むしろ残念な男だって笑ってくれ――ごめん、やっぱ言われたら辛いや」

「さすがに言わないわよ、そんなこと」

うーん、優しさも辛い。

こんなに苦しまなきゃいけないなんて、僕が一体何をしたって言うんだ。非モテである罪なのか、ちょっと罰が重くない？

「――まぁ、だからさ、経緯はどうあれ現時点では僕らは婚約者なわけで、こっちにも多少の原因はあって不自由をさせたみたいだし。僕が断る気なのは天道自身の選択で未来の婚約者をないがしろにした結果だから申し訳ないとは思わないけど、それでも放っておくのは違うかなあって……どしたの」

　良かれと思って正直に、正確に胸の内を伝えると、ついさっきまで僕に同情するみたいだった彼女は胸元を押さえて丸くなっていた。

「……ちょっと、自分でも自業自得だってわかっているつもりだったんだけど、改めてはっきり言われると言葉のナイフが鋭すぎるの」

「そっか。まぁ、あとは天道が取り巻き以外に友達が少なそうってのもあるけど」

「いるわよ！　この前も英梨《えり》たち見たでしょ!?　そりゃあ多いとは言えないけど、同類に思われると申し訳ないから、学内じゃあんまり会ってないだけだから！　というか少しは思いやって！　私辛そうにしてるじゃない!?」

「ああ、なるほど。ごめん、天道も大変なんだね」

　あと肺活量がすごい。マラソン得意そう。

　なんだろう、さっきまで思い出し凹みしてたけど、自分より苦しそうな人間がいると案外吹っ切れるものなんだな。互いに失うものが多すぎるショック療法だけど。

「謝罪が！　軽い！　うう～……」

天道の場合は男遊びしなきゃ良かっただけでは？　と畳み掛けるのはやめておいた。

「ううう……ううぅ……」

しばらく苦しむそぶりを見せながらチラチラこっちをうかがっていた天道は、結局それ以上の反応が引き出せないと諦めて姿勢を正した。

「はぁ……ねえ志野くん、さっきの『ないがしろにした』ってところだけど。その、やっぱり怒ってたりする？」

「や、怒ってはないよ。別に天道は相手が僕だと知ってたわけじゃないし、僕も婚約者候補がいたなんて知らなかったんだから、怒る筋じゃないよ」

「婚約者が志野くんだって知ってたら、そもそもあんなことしなかったわよ」

またそんな意味深な発言を。

だまされんぞ。

それは単に同年代の人間だったら、普通に婚約者との恋愛を試みたっていう話だよな！

「ただまぁ、実際に起きたことの説明としては婚約者をないがしろにしたって言うのが正しいかな、って」

まぁそもそもで言えば、やっぱり本人の意思によらない婚約っていうのが間違った話だとは思うんだけど。そう考えると天道の過失って存在するのか？

僕が悩んでいると「そう」と小さく呟いた彼女は、せっかくシャワーを浴びてすっきりしたというのにちょっと凹んでしまっていた。

もう少し別の言い方があったかな。僕も直前のダメージで気遣いを欠いたかもしれない。

「――まぁでもさ、どの道これで婚約はナシになるんだし、それに破談までの間を僕と真っ当に付き合ったように周囲が錯覚したら、天道を見る目も変わるかもよ？」

思い付きを口にした割には、我ながら筋の通った話だった。

婚約のあとでそれなりの期間を大人しくしていたら、天道言うところの性に奔放だという周囲の評価が変わってもおかしくない。

さらに僕との破局理由が過去の男性遍歴だったとなれば、外から見ても改心のきっかけとしては完璧だろう。

つまり天道の置かれた状況は、遠からず好転するのでは――というのは楽天的すぎる見方かな？

「――その、婚約を破棄する前提が変わらないのと、錯覚って言葉選びはどうにかならない？」

いずれにせよ、婚約者殿におかれましてはお気に召さなかった様子。

むー、と低く唸りながらのジト目には、本気と演技が絶妙な割合で同居していた。

「ならないね」

とは言え僕もこれ以上譲歩したら寄り切られそうなので譲れない。

肩をすくめて言うと、天道の目が据《す》わった。

「……ねえ志野くんやっぱりこのまま結婚して？　いいでしょちょっとくらい」

「結婚にちょっともなにも無くない？　オールオアナッシングだよ、普通は」

「それならなおのこと何も手にしないより総取りした方が良くないかしら」

「負債が多いなら相続放棄した方がいいこともあるし……」

「今まで恋人がいたことないのに本当に負債になるの？　それにそもそもがお父様に泣きついたのが婚約の決め手なんでしょ？　それなのに贅沢ばっかりね」

「なッ、泣きついてない！　さっき説明した通り、僕はただ聞かれたから美人でお金持ちの彼女が欲しいって言っただけだ！」

「それもまぁどうかと思う話なんだけど……でもね、よく考えて志野くん、そんなキミと結婚してくれる美人で実家がお金持ちですごく顔とスタイルが良い女の子がここにいるのよ？　こんなチャンス逃していいの？」

「なんか押しつけがましいから別に逃してもいいかな……」

「キミの意地っ張りも相当よね……」

深々とため息をついたあと、天道は仕切りなおすように両手をぱんと打ち合わせた。

「じゃあ志野くん、今度の週末、私とデートしましょう？」

「じゃあ、で話が繋がらないんだけど、なんでそうなるのさ」

「友達が少なそうで、誰からも相手されなそうな私を週末放っておくのって、ちょっと婚約者をないがしろにしてない？」

「む……」

何事か言い返そうにも、それは巧妙に言質《げんち》を取った一手だった。

ついでに言うと最初に結婚を持ち出して、次にデートがくるあたりもなんともいやらしい。大きく出してから譲歩する、ドアインザナントカとかいう交渉の基本技術だ。

「――駆け引きできないんじゃなかったのか、天道」

「あら、確か私は『出来ると思う？』って聞いたはずだけど――志野くんはそう受けとったのね」

そういって浮かべた不敵な笑みは、実に彼女にハマっていた。

ツリ気味の目に宿った強い光は、あるいは今日ここまでの流れがすべて彼女の術中だったのかもしれないとさえ思わせる。

「それにこの前『また』って約束しなかった？」

「天道が勝手に言っただけだろ、そもそもあの日も僕はデートのつもりじゃなかったんだ」

「あら、じゃあ断るの？　私に一人寂しく予定のない週末を過ごせっていうんだ」

「ぐ……」

まぁ仮にそうだったとしても、これは見抜けなかった方が悪いとも思える。

前回のネカフェでの一件に続き、またしても僕の完敗だ。やっぱり恋愛強者じゃないか。

「――まぁ、暗くなる前に帰れるならいいよ」

「門限がある小学生みたいな発言ね……まぁ、別にいいけれど」

せめてもの抵抗で泊ったり遅くなったりだけはしないように念を押す。

一方の天道は、予想してましたっていうように涼しい顔で了承した。

「楽しみね？」

「……そうとも言えるし、そうでもないとも言えるね」

「なあに、それ」

最後の悪あがきもさらりと流される。

かくして僕こと志野伊織《いおり》はその週末を、天道つかさの思惑通りに彼女と過ごすことになった。

例によって、デートそれ自体はわりと楽しかった（小学生並みの感想）。

第五話　君の名前をどうしよう

「いおりーん、あ、ゴメ、彼女と一緒だった？」

「違う、婚約者だ。知ってるだろうけど、こちら天道《てんどう》つかささん」

「お、おう？　えーと……」

「はじめまして」

「あ、ども……」

「それで、何の用？」

「あー、いや、よく考えたら全然急ぎじゃなかった。邪魔しちゃ悪いし、出直すわ。天道さんも、またた」

「そっか、またな」

「はい」

「──あ、いたいた、いおりーん、この前の課題がさー」

「お、しのっち、今度のサークルの定例会さー、ってうぉっ、天道さん!?」

「お、かみやーん、いおりーん……」

久々の梅雨の晴れ間だからと、誘ってもないのに付き合いの良い婚約者殿と一緒に屋外のベンチで昼食をとることにした僕は、すぐにそれを後悔することになった。

いかにも適当な口実で入れ代わり立ち代わりに現れた友人たちが、僕のとなりの天道に、いかにもわざとらしく驚いて退散していくからである。

というかどの用件もスマホで聞けばいいだろってものばかりだ。なんでわざわざ直で来るのかは、深く考えるまでもない。

かみやんまで加わって実に恥ずかしい限りだった。堂々と見ればいいだろうに。

「……ねえ、志野《しの》くん」

「ごめん、あいつら全員、天道目当てだ。ちゃんとあとで下手な小芝居しやがって、バレバレだった上にキモがられてたぞって言っとくから」

「それは私の評判が悪くなるだけだからやめてくれない？　別に男の子に見られるのなんて慣れてるし、構わないから」

しかし明るい茶の髪をポニーテールと言うには複雑な感じでアップにした今日の天道は気を悪くした風でもなくそう言った。

「ソッカー」

美人は違うなー、さほど憧れはしないけども。

「そうじゃなくて。さっきからお友達、志野くんをずいぶんと可愛《かわい》らしい感じで呼んでなかった？」

そうして事態は僕にとってより都合の悪い方向に転がった。

あいつら本当に余計なことをしてくれたな。

「ああ、うん。全員むごたらしく死ぬか、一生彼女出来なきゃいいのにな」

伊織《いおり》という僕の名前は、由緒は正しくないけど本来は伝統ある男性名だ。

詳しくは東百官《あずまひゃっかん》で検索してもらうとして、昨今ではこの漢字で女性の名に使われることも珍しくなく、同世代になるとむしろ女の子っぽいと思うらしい。

おかげで両親の名付けを恨むほどではないにせよ、愉快でないことも多かった。なので僕は名前で呼ばれるのが好きではない。

「その二つが同列に並ぶのはおかしくない……？　そうじゃなくて、名前で呼んでたでしょう？　なら私も――」

「あれね、何回やめろって言ってもやめないんだよ」

「ねえ私も――」

「その点、天道は一回でやめてくれたから助かった」

天道がその繊細な美貌に不似合いな、金魚みたいに口を開け閉めするムーブを繰り返す。

艶《つや》やかなピンクの唇がなんかちょっとやらしいな、と思った。

「まったく友達甲斐《がい》のない連中だよな、毛穴という毛穴から血を噴き出してむごたらしく死を迎えればいいのに」かみやん以外。

「……そう」

とまれ僕の固い意志を感じ取ったか、天道は小さく唸《うな》ってそれ以上は諦めてくれた。

「ところでやっぱり罰が重くない？　というか志野くん本気で怒ってない？　そんなに嫌だったの？」

「いや、全然怒ってないよ。僕をキレさせたら大したもんだよ」

「でも今まで聞いたことが無いくらい不機嫌な声をしてる気がするんだけど？」

「イヤダナア、キノセイダッテ」

「片言になってるんだけど？」

いや、本当に全然怒ってないよ？　ただちょっと絶対に許さないだけで。

§

「――ねえ志野くん、やっぱりどう考えてもずるいと思うんだけど」

急な決定によるもので弁当の用意もなく、僕らにしては珍しくパンとなった昼食中に、なにやらずっと考え込んでいた天道がそう切り出したのは、彼女がくるみパンを半分ほど食べ終えたときのことだった。

なお大口開けてかぶりつく僕と違って、男性遍歴以外は天然物の本格お嬢様な天道は、お行儀よく一口大にちぎりつつ食べているのでペースは遅い。

「どうした急に」

「お友達が名前を呼んでいるのに、婚約者には呼ばせないのはどうなの？」

そして僕的には終わったはずの話が蒸し返された。

なんだか天道は僕が無下《むげ》にしづらい話の持って行き方を少しずつ学習している気がする。

とは言え今回彼女に非はないので、精々声音《こわね》が厳しくならないように気をつけねば。

「どうなのって言われてもなあ、さっきも言った通りあいつらは許してないのに勝手に人をいおりん呼ばわりする悪人なだけだよ。そして天道はやめてくれって僕の願いを素直に聞いてくれただけで、そこにずるもなにもないと思う」

「あだ名で呼ぶだけで悪人認定はどうなの……？　ちなみに、私がキミのこと名前で呼んだらどう思う？」

「そうか君はそういうやつなんだな、って思うかな」

「ヘッセの作品みたいなこと言い出したわね……」

「あれ、エンデじゃないっけ」

「なんでよ、『少年の日の思い出』のエーミールでしょ？　あれはヘルマン・ヘッセ」

「『車輪の下』の？」

「そう。なんでそっちは覚えてるの？」

なんとなく、と答えると、やや不可解そうに首をひねりつつも天道は、また一口分だけパンをちぎる。

「ちなみにミヒャエル・エンデは『モモ』とか『はてしない物語』の作者ね」

「なるほど」『モモ』はなんか読書感想文でよく名前を聞いた気がする。

しかし上品に食べるなあ、と思っていると天道の手がぴたりと止まった。

「ちょっと、誤魔化さないで。だからなんで私は名前で呼んじゃダメなの？」

勝手にそっちが脱線しただけで誤魔化してはいないよ。

内心そう思いつつ、口いっぱいに頬張ったピロシキを咀嚼《そしゃく》する。

正直なところ購買のパンはいかにも値段相応で、特に揚げパン類の油っこさときたらすごいんだけども、これはこれで男の子って感じがして偶《たま》にならも悪くない。

「ねえ志野くん、その食べ方はお行儀悪いって思われるか母性くすぐられるか、女子的には難しいところだからね？」

失礼なような、ありがたいような天道の言葉に頷《うなず》いてピロシキを飲み込む。

「――だから、別にダメとは言ってないって。やめてくれとは言ったけど」

「でも呼んだら好感度下がるんでしょ？」

「まぁ、その蓋然性《がいぜんせい》は高いと言えるだろうね」

「言い方。なんでよ、私と志野くんの仲でしょ。名前くらい、いいじゃない」

「そんなに大した関係だと思うなら、絆を信じて試してみたら？」

「言い方！　ううぅ〜……そんなにいやなの？」

「なんでそういうところは察せるのに、九十人切りによる不利益は計算できなかったんだろうな……」

「ここぞとばかりに畳みかけてくるのもやめて。そういう話はしてなかったでしょ」

というか僕は心の底からいやだから例外としても、名前呼びなんてそんなにむきになるほどのことだろうか。

以前僕との婚約が望ましいと言っていた通り、あれこれ手管《てくだ》を駆使して親密になろうとしてるっぽい天道がリスクを負ってまでこだわるのはちょっと解せない。

「顔に書いてあるから言うけど、こっちにもいろいろあるの」

「ほふ？《そう》」

「もう少し興味を持って！　話をしている途中でメロンパンを食べはじめないで！」

そこはむしろ食事中に話すのをやめるべきでは？　と視線で訴えると一理を感じ取ったか、むう、とまたも小さく唸って天道も食事に集中しはじめた。

もっきゅもきゅとこれまたチープな味のメロンパンを頬張りながら、なんとなくエロスを感じる彼女の指先と口元を眺めているとじろりと横目で睨《にら》まれる。

「女の子の食事をじっと見るのは本当にどうかと思うわ」

「ふぉへん《ごめん》」

「だから、食べながら話さないの」

ぴしゃりと言いながらも天道の顔は途端に険が抜けていて、どうにも彼女はだらしない男に弱いのではなかろうかという疑惑が日に日に増してくる。

自分がそうだと認めるのは業腹《ごうはら》だけども。

仕方がないのでそのあとは、頭上に広がった夏の気配を帯びつつある青を眺めながらメロンパンを食べ終えた。そらきれい。パンおいしい。

そうしてぼんやりとした食後のひと時に、再び天道の声が一石を投じる。

「――じゃあ逆に、逆にね。志野くんが私を名前で呼んでよ」

なにが「逆に」なんだろう。

天道の言葉は時々唐突で理解に苦しむんだよな。

「つかささん？」

「……なんでさんづけするの？　志野くん結構ぞんざいに天道って呼んでたわよね？」

「いや、縮まった分の距離を調整しとこうと思って」

「なんでよ！　そこは縮まったままでいいじゃない！」

バンバンと天道はベンチを叩く。

この興奮すると机とか地面を叩くのは良くない癖だと思う。地味にびっくりする。

ついでに髪型が違うせいか今日の天道は普段よりアクティブで少し子供っぽい感じで、でも元々がちょっと落ち着いて大人に見えていたので、つまりは差し引きゼロで健全な同級生感があってちょっと困る。

「えーと、女の子を下の名前で呼び捨てってなんかこう『自分のもの』って思ってるみたいで横柄な感じがするし」

「私、志野くんの婚約者だけど？　順当にいけばキミの妻になるわけだけど？」

「いや順当に行ったら数か月後には他人になってるよ。というか夫婦だからって別にそんな所有者みたいになるわけじゃないと思うけど」

「婚約破棄って負の結果を順当な路線に乗せないで、なに志野くんってそんなにフェミニストだった？」

「いや、彼女いたことないからそういう俺の女ムーブが酸っぱいブドウなだけ」

「自虐なのかなんなのか、よくわからない発言ね……でも今まですごくぞんざいに天道って呼んできたじゃない」

「そういう言い方をするなら、今後は名前をぞんざいに呼ばれないことを歓迎すべきじゃないかな」

「む～……」

いまだ婚約者殿はご不満な様子だけれども、ちゃんと要望通りに名前では呼んでいるんだし、ここらへんで妥協してもらえないものだろうか。

「じゃあそっちが僕を志野って呼べば？」

実行に移すとお嬢様と使用人感が出そうだな、と思っていると、いよいよ天道の顔色が怪しくなった。

「嫌《や》」

ちっちゃい子みたいに言ったな？

「志野くんにもっと私に親しんでほしいって話なのにそれじゃ趣旨《しゅし》が違うでしょ」

あ、そんなこと考えていたのか。

いつになく頑《かたく》なな天道の様子に、僕もこれは腹を割って話さねばと覚悟を決めた。

「あのさ――あまり童貞を無礼《なめ》ない方がいいよ」

「どういうこと？　というか童貞のは舐めたことないけど」

「ちょっと⁉」

とんでもないシモネタで話の腰を折ってくれたぞ、このお嬢様。

「ごめん、やめて、そんな目で見ないで、悪かったわよ！　ごめんなさい！」

そう言いながら「だって志野くんが」とか「私、今までこんなこと言ったことなかったし」とか小声でぶちぶち言うのはやめて欲しい。

そもそも僕はシモネタなんて（多分）言ってないし、濡れ衣もいいところだ。

「とにかく！　どういうこと!?」

「そうやって勢いでなんでも誤魔化せると思ったら大間違いだぞ」

「どういう！　ことなの！」

「わかったよ、話すよ」

美人が怒った顔は実に圧が強い。

そして僕はプレッシャーに弱かった。

「その、気づいていないだろうけど、こうやって色々話すようになって、特に何も起きなくても僕のつかささんへの好感度はじりじりあがってるから」

「何も起きなくてもって、デートはもう何度かしたじゃない。それと、さんづけは決まりなのね」

「や、デートはノーカンだから」

「そこを省いたらなにをカウントするのよ、セッ……まぁそれで、それの何が悪いの？」

やべ、みたいな顔して途中で切り上げたのにはツッコまないでおくとして、やはり天道はなにもわかっちゃいなかった。

「いいかな、このまましも僕ら二人がいい関係なんだと僕が誤解してしまったら……」

「誤解も何も現状は将来を約束した婚約者でしょ、この上いい関係だともう夫婦よ？」

「誤解したら！　多分そのうちふとした拍子につかささんの頬とか髪とか耳に触れたりしてしまうんだ」

「別に、志野くんがそうしたいなら、どこだって好きに触ってくれて構わないけど……」

　え、まじで？

「……あ、いやいや勘違いしないで欲しい。これは別に相手が君だからってわけじゃないんだ。女の子とちょっといい感じなのでは？　と思うと性的欲求と恋愛機能不全で距離感がバグってしまう童貞固有の、そう、疾患なんだ！」

「原因を童貞に求めるのは確かにちょっと気持ち悪いかも」

「だろう？　だから適切な距離を保つよう僕は己を律し続ける必要がある。そのために断固《そこ》として呼び捨ては断らせてもらう」

「気持ち悪いはちょっと言い過ぎたかと思ったけど、案外動じないのね」

「いや、多分あとでさめざめと泣く。めっちゃ辛い」

　どうして人はキモい童貞に生まれつくのだろう。

　そしてどうしてそれを嘆くのだろう。

　いっそ開き直って全てを受け入れて生きていけるのなら、きっとこの空のように晴れやかな気持ちでいられるだろうに。そらきれい。

「悪かったわよ、ごめんなさい！　本気のトーンで言わないで！　遠い目をしないで私を見て！　ほら言うほど引いてはいないから！」

言って天道はだらりと力を失って垂れていた僕の手を握る。彼女の手は相変わらずすべすべで、華奢《きゃしゃ》なわりに不思議と柔らかかった。

だからそういうところだぞ？

じわりと手汗がにじみ出るのを感じつつ、振り払うのもあんまりかと意識を逸らすためにも再度口を開いた。

「言うほど、ってことは多少引いてるのは事実では？」

「全然って言ってもどうせ信じないでしょ？　あとね、こういうことは言いたくないんだけど、ほんっとうに言いたくないんだけど――私がね、今更そんな男の子のあれこれで動揺したりすると思う？」

「いいや全然？　確かに今更だ、ハハッ」

「その反応はわかってたけど腹立たしいわ……！」

「いでで」

手の甲をぎゅっとつねられる。

爪を立てられなかっただけマシだけども結構痛かった。

うわ、がっつり赤くなっている、と。

「――あれ、今日なんか爪が地味じゃない？」

「さっきからずーっと人の手元を見てたのに、今なの？」

今、を強調しながら片眉をあげて天道が冷ややかな表情を作る。

以前はもっと真っ赤だったりメタリックなネイルを施したりして、長く伸びていた天道の爪は、今は短めに切りそろえられて、光沢のある薄いピンクにちっちゃな石がわずかに並んだ控えめな見た目になっていた。

「あんまり派手にしてると志野くんの横じゃ浮いちゃうじゃない」

「別に僕にあわせなくても、お洒落《しゃれ》くらい好きにすればいいのに」

というか地味で無難と言われて大人しい妹にも時々ダメ出しされる僕と、顔が良すぎる天道ではどうしたってつり合いが取れるはずもないのだが。

「でもあんまり派手なの、苦手でしょ？」

「そうだけど、特にネイルなんて自分のためにやってるものじゃないの？」

言った後にあ、これ藪蛇《やぶへび》だな、と気づく。

案の定天道は呆れたような、困ったような、それでいてどことなく嬉しそうな笑みを浮かべる。その表情は晴れた今日の空よりもまぶしかった。

「だから、これが今の私のためになるネイルなの」

「ソッカー」

言葉の意味を努めて考えないようにしていると、つねった手の甲を優しく撫でていた指が、ずっと指の間に滑り込んでくる。

これドメスティック《D》・バイオレンス《V》の手口じゃない？

「――ところでね志野くん、最近の私って、ちょっと雰囲気が変わったと思わない？」

「遠慮なしに距離詰めてきたり人の手を触ってきたりは前からやってたと思うよ」

「話は変わるけど男の子って、うなじにフェティシズムを感じるって本当？」

「まぁわりかしメジャーな嗜好《しこう》だと思うけど、前後が繋がってなくない？」

「じゃあ――今日の私のスカート、どう思う？」

例によって唐突なその言葉には、しかしなんとも抗《あらが》いがたい魔力があった。

「どうって……」

感想を求められれば、そこに視線が行くのは当然だろう。

だから僕の目がベンチに腰掛けた天道の、行儀よく揃った白く輝く脚に吸い寄せられてしまったのは誰に責められるべきものでもないはずだ。

男性遍歴と美貌は派手な彼女だけれど、ファッションの傾向もあって過去にミニスカートを目にした覚えは実はあんまりない。

だって言うのに、今日はその長くてなんか膝とかも綺麗で肌もピカピカで足首なんかきゅっと細い美脚を大胆に放り出すミニスカ姿なのだ。

とは言っても露骨に媚びたりする感じではなく、ちょっとアクティブな今日の髪型もあ

わせてカッコイイ感じにまとまっている。

ファッション評論家じゃないのでもしかしたら的外れかもしれないが、少なくとも僕にはそう思えた。

だけど、ミニスカ生足美脚にかわりはないのだ。そんなのえっちじゃん？

「――言葉より雄弁な返事ね」

絶句した僕に天道の上機嫌な勝利宣言が突きつけられる。

ぐぎぎ、だがこれだけじろじろ眺めたあとでは何を言っても言い訳にしかならない。

「……思い返せばみんな多分、脚を見にきてたんだと思うけど」

「そうね、でも言った通り注目されるのなんて慣れてるから。それより『こういうのも似合うのか』って私の価値を志野くんに再確認してもらう方が大事よ」

それは彼女からすれば捨て身というほどのことでもない戦術だったのだろう。

天道が魅惑の脚をしているから目立つだけで、ミニスカートとしてはごく常識的な丈だ。

多分もっと短いのだって、学内だけでも探せばいくらでも見つかるだろう。

「……別に、わざわざ脚を出してアピールしなくても、つかささんはどんな格好でも似合うだろうし、見た目も良いのはよく理解してるよ」

それでも、天道のミニスカ姿は僕にとっては刺激的過ぎるし、ついさっきお触りＯＫと言われてしまったのが更に良くない。

「だからつかささんは自分が好きな格好してくれていいよ」

そもそもズボンでだってアピールできるくらいの脚線美なんだし。

週末デートに続いての連敗に、もろ手を挙げて降参を示してから、僕はわずかに残っていたパックの牛乳をずずずと片付けた。

「そう？　なら志野くんの前以外では控えておこうかしら」

「僕にもわざわざ見せなくていいんだけどな……」

そうして牛乳のとんでもないぬるさに顔をしかめている間に、上機嫌な言葉の陰で天道が小さくガッツポーズを決めていたのを僕はばっちり見逃したのだった。

第六話　本当にあったわりと怖い話

「あのね志野《しの》くん、これは友達から聞いた話なんだけど――」

本日最後の講義を終えての帰り道でそう切り出した天道《てんどう》つかさに、内心でなるほど天道の話かと思いつつ「うん」と頷《うなず》く。

僕こと志野伊《い》織《おり》が婚約者候補見習い補佐を務める相手である彼女は、繊細な顔立ちのとんでもない美人で、何を着ても似合うモデル体型で、最近多いキャラではない天然物のお嬢様で、極めつけに三桁近いド級の経験人数を誇る童貞にとってのラスボスみたいな存在だった。

もし僕が戦闘民族の王子だったらガチガチ歯を震わせて絶望を口にしているところだ。

「ちょっと、聞いてないでしょう」

「違うよ、全然違うよ。ただちょっと上《うわ》の空なだけだよ」

聞いてないんじゃない、とむくれた天道に肘《ひじ》を掴まれてぐいぐいとベンチに引っ張られる。細腕なのに意外と力が強い。

「つかささん、僕暗くなる前に家に帰らないと」

「大丈夫よ。もうだいぶ日も長くなってきたし。二十歳になろうかって男の子の言うことじゃないでしょ、それ」

それを言ったらそもそも僕は男の子って呼ばれていい年齢なんだろうか。

そうこうしている間に着席を促され、天道はぴったりと体を寄せて隣に腰かけた上に逃がさないとばかりに腕も絡めてきた。うーん、どんどん遠慮がなくなってきたな。

「――で、友達から聞いた話なんだけどね」

「うん」

ともあれこうなるともう離してはもらえないので、諦めるほかなかった。

まあそれであとのスケジュールが困ったことはないので、彼女なりに僕の都合も把握した上でやっているのだろうけど、それはそれで恐ろしいものがあるな？

まぁいざとなったら走って逃げれば脚力と足元の差で大丈夫か。だいたいスニーカーの僕と違って天道の靴はいつもお洒落《しゃれ》で、かわりに走るのには向いてない。

「先日ね、その友達が友人と集まって女子会をしたらしいの」

「うん」

先々週の金曜日のことだな、とあたりをつけつつ頷く。

というか僕も事情を把握している日の出来事を、今更伝聞形で語るのに何の意味があるのだろうか。

「あ、その前に志野くんって怖い話は平気？」

「気づいたら学内で悪名高い女子が婚約者になってたことより怖くなければ大丈夫」

「まあ平気じゃなくても我慢して」

「なんで聞いたの？」

あとさりげに婚約の件を怖くない認定したな？

世間一般的には結構な恐怖体験だぞ、多分。

「それで、その子にはちょっと束縛の強い恋人がいて、夜に遊びに行くのは久しぶりだったのね」

実話風怪談でフェイクを入れて話すのは定番だけど、また図々《ずうずう》しくて自分に都合のいい事実改変だった。あるいは悲しい見栄だろうか。

「へー」

温かい気持ちで見逃すと、天道の綺麗に整えられた眉がぴくりと動いた。

「ええと、それでね、その子がついついまだ慣れないお酒を過ごしちゃって。一人で帰るのは危ないからって恋人に迎えに来てもらうことにしたらしいの」

「十一時すぎにあのテンションの連絡は無視しなかったことを後悔したなあ」

「で、恋人が迎えに来てくれたんだけど」

「行ったら行ったで英梨《えり》さんだっけ？　あの金髪の子にすごく睨《にら》まれたしさ……」

最初に会ったときからそうだったけど、なんかやたらと敵視されてるんだよなあ。

しかもどっちも天道に呼ばれての事態なのに、ちょっと話しといてもらえないだろうか。

「あ、そう言えば英梨さんにもちゃんと謝った？　つかささんの介抱で彼女も結構苦労してたみたいだけど」

「ねえ志野くん、私最初に友達の話なんだけどって言ったわよね？」

「それで自分の醜態をツッコませないつもりなのか……」

とんだ免罪符があったもんだ。

とは言え話を長くして僕に得があるでなし「続けて」と促すと、やや不機嫌そうな表情で天道が自分の唇を撫でた。

「――それと、水瀬《みなせ》だから」

「へ？」

「英梨の苗字ね、志野くんが名前で呼んだりしたらまた睨まれるわよ」

「ああ、了解。水瀬さんね」

確かに彼女なら「アンタに名前で呼ばれる筋合いないんだけど」くらいは言いそうだ。

なんで天道が「ヨシ！」みたいに深々と頷いているのかはよくわかんないけど。

「まぁそれでね、その日は週末で、二人は恋人同士で、もう遅い時間で、くわえて女の子の家は彼の家より、近くのホテルよりも、だいぶ遠かったのね」

「ぞっとした」

「まだ早い。というか別に全然怖い要素なかったでしょ!?」

まさか知らぬ間に貞操の危機が迫っていたとは。え、もしかしてそこまで計算ずくで酔いつぶれたんだろうか。

これから僕はどこに呼び出されるのか逐一把握しておかないといけないの？

いや、もうはじめから連絡を無視した方が安全だな。そうしよう。

「それで、それなのに恋人は彼女をタクシーで家まで送って行ったのよ？　どう思う？」

「真っ当な感性だなって思うけど……」天道と違って。

「なんでよ！」

別にネタでも自己弁護でもなく述べた言葉に、しかし天道は異議を唱えてきた。

「ええ……？　いや、だって女の子は前後不覚に泥酔してたんだよ？　なら自宅やホテルに連れ込むより、彼女の家へ送っていく方が普通だと思うんだけど」

「……そうなの？」

「だってその流れでしたらデートレイプってやつじゃん、犯罪だよ」

「え、でも恋人同士なのよ？　別にえっちしても問題ない関係なのよ？」

「恋人同士ならそれこそちゃんと同意があるときで良くない？　なにも彼女が酔いつぶれてるときに同意も得ないでする必要がないと思うんだけど」

あれ、とか言いながらなにやらスマホで検索しだした天道を見て、僕はもし今後機会があっても絶対に二人きりで飲みに行くのはやめておこうと心を新たにした。

§

「――まぁそれはそれとしてよ」

やはりというか案の定というか、天道は考えを改めるには至らなかったらしい。

僕ら二人の間にはなんとも埋めがたい性道徳の違いがあるな……。

「つかささん、そりゃあごく親しい仲でのデートレイプは日本じゃ強制性交等罪は適用されないかもしれないけど、知識と僕の認識は伝えたからね？」

「それは、それとして！　というかまるで私がそういうことする風に言うのはやめてくれない!?　これまでもこれからもそんな事実は一切ないから！」

まぁ確かに、誘っても応じない相手にこだわらなきゃいけない理由なんてそもそも天道にはなかっただろうしな。僕以前には。

いかん、つまり僕にはなんの気休めにもならないじゃないか。

「それで、話にはまだ続きがあるの。あ、志野くん、そういえば今日このあとの予定は？」

「暗くなる前におうち帰りたい」

「ないのね、良かった」

ふふ、話を聞いてくれません。

見上げた空では夕闇の幕が、ゆっくりと昼の青を覆い隠そうとせりあがっていた。

東の空は深い深い濃紺に塗りつぶされ、小さな星が輝いている。冬の暗い空ではあまり見られないその明るい夜の色を見て、あぁもうすぐ夏が来るんだなと思った。

「ちょっと」

現実逃避ついでにセンチな気分に浸っていると、顔を挟むように両頬に手が添えられて、くい、と天道の方を向かされる。

散髪のときの美容師さんくらいには優しい手つきだった。あといい匂いがした。

「――それでね、友達の恋人は彼女をタクシーで家に送り届けて、出迎えた家人《かじん》に介抱をお願いしたそうなの」

「家人って単語をフィクションやニュース以外で聞くとは思わなかったな……」

天道のことをお嬢様とか呼んでたから、住み込みの家政婦さんとかだろうか。

武家屋敷みたいな天道家の建物と言い、令和時代ぞ？　びっくりしたわ。

「それでその彼がね。酔いつぶれた友達をかばって、恋人である僕のせいです、すみません、みたいにとりなしてくれたらしいの」

「ああ、うん。それはつかささんの友達もさぞ感謝しているだろうね」

恩に着せるつもりじゃあないけども、一応家では真っ当にお嬢様で通しているらしい天道のために、多少つじつまを合わせる骨を折ったのは事実だ。

「ええ、ええ、そうね、それで友達の家族がご迷惑をかけたお詫びをしたいから一度その彼を家にお呼びしなさいって言ってるそうなの」

「ヒエッ」

「この場合、友達はどうやってその恋人を家に誘うのが正解だと思う？」

「いや無理本当無理絶対無理確実に無理」

互いの家族がそろったホテルの会食でさえちょっと吐きそうになったのに、あんなでっかい屋敷に一人でお呼ばれするとか想像するだけで震えるくらい無理な話だ。

しかもあの時はほぼほぼ天道のご両親とうちの親主導で話は進んで、僕は挨拶しただけだったし、件《くだん》の天道のおばあさんも前に出てはこなかった。

それを僕一人だけで、しかもアウェイで相手しろなんて無茶ぶりにもほどがある。どう考えたって荷が重い。死ぬ。

「わざわざお礼なんて大げさすぎるから考え直した方がいいって伝えてあげて」

僕の懸命な訴えを「そう」と無感動に受けて、天道は小さく咳払《せきばら》いした。

「それでね、志野くん。話は全く変わるのだけど、今度の水曜日にうちで一緒にお夕飯でもどうかしら？」

「ヤダー！　ぜんっぜん話変わってないじゃないか！」

しれっと言ってくれたけれども、ここまで露骨な罠もない。

相手のホームグラウンドに飛び込んで、しかもお詫びとなればなかなか辞退もしづらい。下手をすれば結納《ゆいのう》まで一気も考えられる。

僕がなびかないからって実家の圧をかけようなんて卑怯だぞ。

「いやね、さっきまでは友達の話よ？」

「嘘を言うなっ！　だったらなんで僕がつかささん家《ち》の夕飯に招待されるんだよ！」

「その日って、七夕《たなばた》でしょ？　うちは毎年庭に笹を飾ってお素麺《そうめん》をいただくんだけど、そこに志野くんも連れてきたらって話になったの」

「え、お金持ちでもソーメン食べるんだ」

「そこ？　別に食べてもおかしいことないでしょう」

まぁ確かに伝統的な食べ物だけども、と思ったところでそう言えば担々麺《タンタンめん》を食ってたな、と思い出して納得した。

「なにかちょっと不愉快な納得の仕方をされた気がするんだけど……」

「シテナイヨー。で、僕はどうやって断ればいいの？」

「どうして断り方を相談するの、お素麺食べるくらい別にいいじゃない」

嘘だゾ、それだけじゃなくて絶対なにか酷《ひど》いことが待ってるゾ。

「大丈夫、本当に何もないから。ちょっとうちの家族と楽しくご飯を食べるだけだから。少しだけだから」

「すごい、信じようという気持ちがまるで湧いてこない」

どうして世の中にはこの論理で持ち帰られてしまう女の子がいるんだろうか、いやあれは魚心に水心なだけか。

「あ、そうだ。その日は私が浴衣《ゆかた》着てお出迎えするのはどう？」

「それを特典みたいに言えるのは素直に尊敬するよ」

「ありがとう？」

本当どれだけ自分の顔の良さに自信があるのか。

浴衣の彼女を見たいか見たくないかで言えばちょっと見たいのは事実だけども。あと中身が天道でなければカラコロなるタイプの下駄で一緒に散歩とかしたいけども。

「まぁ悪いけどその日は急な用事が入るから無理」

「清々《すがすが》しいほど適当な理由をでっちあげたわね……！」

天道は目を吊りあげるが本当によく考えてほしい。

このまま天道家にホイホイお呼ばれして、もし万一行くも引くもままならない状況に陥ったなら、僕はその場で婚約破棄を言い出さざるを得なくなるかもしれないのだ。

そこのところはわかっているんだろうか。

多分、わかってないんだろうなあ。

「じゃあつかささん、そのときに婚約の破棄を伝えることになっても大丈夫?」

「え……」

表面上怒った顔をしながらも、僕を困らせて楽しんでいた天道が案の定ピシリと固まる。

そりゃもう効果音つけたくなるくらいに綺麗な硬直だった。

「……え、待、無……死――?」

またか。

「や、さすがにお客さんの前ではおばあさんも自重するんじゃない?」

いや、責任とって目の前で自裁を命じるか? 現代日本で? 令和に?

あと慰めになってないなコレ、と思っていると天道が再起動した。

「――ふ、ふふ、悪い冗談はやめて、志野くんだってウチの家族に囲まれた状態でそんなことしたくないでしょ? 本当に怖いのはおばあさまだけど、父もお顔は怖いわよ?」

自分の親に対してその評価はどうなんだ、確かに迫力ある人だったけど。

「そりゃ積極的にはしたくないけどさ、黙ってたらそのまま結婚させられそうだな、ってなったら僕だって必死にもなるよ」

だから先に伝えておくのがフェアかなって、と続けると本気が伝わったのか、天道はぐいと一層僕に身を寄せてふかふかの柔らかな感触を腕に——いかんなんか深く考えるな、あ、でもやっぱり結構ある——おしつけてきた。

「し、志野くん？　結論を急ぐ前に私たちってもう少し深くお互いのことを知っておくべきだとは思わない？」

「あんまり思わない」

大前提にあるのが性道徳の不一致で、それは割とどうしようもない問題で、くわえて知れば知るほど天道に絆《ほだ》されていく一方なのだから、むしろもっと距離を取っておくべきなのだ。本来は。

これはそうやってなんだかんだと付き合ううちに、彼女に変に期待を持たせてしまった僕の不徳が招いた事態でもあるのだろうか。

「そ、それはちょっとは思うってことよね、あと私と破談になってもじゃあ下の姉とって流れになるだけだと思うから！　天道家からは逃げられないわよ！」

「大魔王かよ」

というか初耳なんだけど、それ。

天道が三人姉妹の末っ子で、一番上のお姉さんが既婚者なのは聞いていた。

どうにも今までの話から天道が志野家の婚約者候補として育てられていたっぽいから、てっきり次女さんは対象外だと思ってたんだけど……いや考えれば考えるほどおばあさんは何様なんだ。孫の人生ぞ？　好き勝手しすぎでは？

　よそ様の家のこととは言えあんまりおもしろくないな……。

「たしかにりょう姉さんは処女だし？　私と違って本物の箱入りだから志野くんにとっては都合がいいかもしれないけど！　それはちょっとあんまりじゃない!?」

「いや、さすがにそこまで無神経じゃないって。つかささんと付き合ってる間にしょうもない覚悟で婚約することになった罪悪感が……とか言ってなんとか話自体をなかったことにしてもらうから」

　まぁここら辺は単純に事実も交じっているし、嘘にはならない。

　あとどさくさに紛れて次女さんの個人情報を暴露するのはやめてさしあげろ。顔を合わせたとき気まずいじゃないか。

「――そう、本気なのね……ああ、もうこうなると……」

　色仕掛けも泣き落としも効果がないと気づいてくれたか、天道は僕から離れると腕組みしてなにやらぶつぶつと考え込みはじめた。

　沈みゆく陽が流した血のような赤の残光が去り、夜の青だけが空を支配するころになっても、天道はなにやら頭をひねって、ときおりスマホで誰かとメッセージをやりとりしては考え込んでいた。

「つかささん、そろそろ帰らない？」

「もう少し待って……志野くんの部屋で話の続きをしてもいいけど」

「わかった、じゃあ待つよ」

「ねえもう少し悩まない!?　普通は私くらい顔が良い女の子が部屋にくるなら嬉しいでしょう!?」

「いや、単純に片付いてないいんだよ、人様を招ける状態じゃない」

「〜〜〜っ、そうやって時々無警戒なのもやめて」

「一体僕にどうしろと……」

やっぱりこういうところお嬢様気質だよな（個人の感想です）。

そうしてうんうん唸《うな》ったあと、何度目かのメッセージのやりとりを経て天道はようやく画面から顔をあげた。

「――志野くんが気にしているのは、うちに来たらついでに結婚話が進むんじゃないかっていうことなのよね？」

「まぁ、そうかな。真っ当な理由のある招待を断るのも良くはないと思ってる」

「それなら今回のところはお呼ばれして。姉さんたちにお願いして、話の方向がそっちにいかないように協力とりつけたから」

「あ、お姉さんたちには事情を話してるんだ？」

「いいえ。下の姉はまだしも、上の姉に知られたらやっぱり私死ぬから。でも大学生くらいで恋人の実家に行くのに、圧を感じるっていうのは理解できる話でしょ」

「恋人じゃなくて婚約者だけどね」

「だったら話を進めていいの？」

「ごめんて」

底冷えするような声に大人しく謝罪する。

でも恋人じゃないのも事実だぞ（小声）！

「——とにかく、姉二人が協力してくれるならまず平気よ。おばあさまがわざわざ急《せ》かすようなことは言わないだろうし」

「その言葉、信じていいんだね？」

「ちゃんとまとまったから大丈夫。もしそれでも流れが怪しくなったら、その時は志野くんの好きにして」

恨まないから、と続けた天道の目は真剣そのものだった。

そこまでさせてやっぱり怖いから無理、というのはあんまりに無体《むたい》な話だろう。

「——わかった、行くよ。つかささんも遺言《ゆいごん》があったら聞いておくけど」

「やめてよ、縁起でもない！　なんにも起こらなかったのに爆弾ぶち込んだりしたら一生恨むわよ！」

「しないしない。ところで何を着ていけばいいの？　やっぱり正装？」

「普段着で大丈夫よ。Tシャツにジーンズはやめておいた方がいいと思うけど」

「あのお屋敷にその格好でお邪魔する度胸はさすがにないな……」

そう言えば女子の家にあがるのも小学生以来な気がするな？

二重の意味で緊張しつつも、一応実家に報告しておくべくスマホを取り出した。

天道じゃなく、僕がなにごとかやらかした時のために両親にも心の準備は必要だろう。

「あ、それと志野くん、大事なことがもう一つ」

「ん、なに？」

画面から顔をあげると天道が今まで見たことのない、ひきつった笑みを浮かべていた。

「これは伝えておくのがフェアだと思うから言うけど——おばあさま、キミのこと結構気に入っているわよ」

「ヒエッ」

今日一番、ぞっとした。

——そうして僕は七夕の夜に天道家にておいしいソーメンをご馳走になった。

おおむね穏やかで和やかな夕食のあとは笹と夜空を眺め、ついでに天道らしき筆跡で「年内結納」と書かれた短冊《たんざく》をひっそりと処分して無事帰宅した。

後日、すごく怒られた。

第七話　夏祭りトランジション！

「ねえ志野《しの》くん、今年の夏はどこに行きたい？」

　週に二つだけの彼女と選択が被った講義前に、世を忍ぶ仮の婚約関係にある天道《てんどう》つかさにそう聞かれて、僕がまず考えたのは今年の夏「は」ってなんだろうということだった。

「――考えてない」

「そうなの？　私としては海かプールで水着を見てもらいたいんだけど、志野くんが行きたいなら山でキャンプとかでも構わないから」

　そしてやはり気のせいではなく、天道はどうにも来たる夏休みに僕らが二人で出かける予定を当然に考えているようだった。

「いや、つかささんと夏にどこか遊びに行くということを考えてない」

　なのでその認識の間違いをはっきりと訂正すると、彼女の繊細な美貌にむっと不機嫌の雲がかかった。

「どうして？」

　さすがに教室内では人目があることもあって声は控えめだ。

代わりに目はとても剣呑《けんのん》だった。

「だって夏休みに出かけたりしたら、泊りがけとか、帰りが遅くなりそうだし……」

「だからどうしてそれを嫌がるの。いいでしょ、普段できないことするくらい」

そうやって油断をしてたらすぐに結納《ゆいのう》という結末が僕を待ち構えていそうなんだよなあ。

「それにこんなに顔が良い女の子と、夏の思い出作りできる機会なんてそうはないと思わない？」

そうして相変わらず顔面偏差値への自負がすごかった。

「そのかわりに取り返しがつかないことになりそうだからいい……」

「なんでよ！　志野くんだってどうせ遊びに行くなら可愛《かわい》い女の子が一緒の方がいいでしょ！　水着だって好みの着てあげるから！」

ついに我慢しきれなくなったか、天道が小声で怒鳴る。

つくづく思うけど本当に器用だよなあ。

「いや、別につかささんに頼らなくったって、頭を下げれば水着はともかく一緒に遊び行ってくれる子くらい僕にだって……多分……きっと……」

土下座まですればなんとかいけるか……？

いや、女友達の実在を断言できなかった僕には無理な話だ。

最終手段で妹に頼みこむ手もあるけど叱られそう（絶望）。

「そんな悲痛な顔して悩むくらいなら、私の厚意に甘える選択肢はないの……?」

「それが本当にただの厚意ならね」

恐怖体験をぶっこんでくれた七夕《たなばた》のことは忘れんぞ。

「あとね、婚約者の私を放って、別の女の子と出かけるのは普通におかしいでしょ。以前自分でないがしろ云々って言ったことを忘れたの?」

「も、ものの例えだから」

そしてそれを超えるくらいの怖い声を出すのはやめていただきたい。

性経験がおかしい天道に非難されるいわれはない気もするけど、婚約後の彼女は自分で言うとおりにピタリと男遊びをやめているのだ。

そこで過去の話を引っぱり出すのはフェアでない気もする。

そして気持ち的には婚約者候補見習い代理心得補佐とは言え、僕と天道の婚約は正式なものだから、下手なことをすれば契約不履行で民事裁判に持ち込まれてもおかしくない。

「あれ、じゃあ僕はつかささんと婚約しているうちは灰色の青春を送らなくてはいけない可能性が……?」

「どうしてそこまで頑《かたく》なに私と出かけるのを拒《こば》むのかしら……もう何度かデートもしたじゃない」

僕が心変わりしていない以上、変に今後について期待させるのは悪いからだよ。

これも言っておくべきなのかなあ。

いや、そもそももっと普段から事務的に応対しておけば済む話か……？

「もう――そんなに帰りの時間が心配なら、ひとまずうちの近所の商店街のお祭りに行くのでどう？　飲食店が多いから出店のレベルが高いって評判で、終了は夜の九時。さらに今ならなんと浴衣《ゆかた》姿の私付き」

返答に悩んでいると具体的な新たな提案が来た。中々の妥協案だけどそれにしても今日はぐいぐい来るなあ。

天道もやっぱり夏に思い出が欲しかったりするのだろうか。

「そこって、すぐ近くにラブホテルがあったりしない？」

「しないわよ！　……うん、しない」

良かった、行動圏内のラブホの位置をくまなく知っている天道はいなかったんだ。

しかし夏の間完全に没交渉というのも非道な話だし、天道家から見たら不自然だろう。

ここらへんで妥協しておくべきだろうな。

「わかった、終了の九時でちゃんと解散してくれるならいいよ」

「門限を気にする高校生みたいね……」

「だって暗がりに連れ込まれたりしたら困るし……」

「だからその心配は普通男女逆でしょ!?」

まぁ、そういうことになった。

§

「おお……」

そうしてお祭りの当日、待ち合わせ場所に立っていた天道の姿に、僕の喉から思わず感嘆の声が飛び出した。

七夕の夜は都合がつかなかったとかで結局普通の私服だったから、彼女の浴衣姿を見るのはこれが初めてだ。

「おおお……」

白い浴衣には淡い青色の波紋と金魚が涼しげに描かれ、鮮やかな赤い帯はちょっと派手目のくしゃくしゃとした感じだ。

ははーん、多分これは尾びれイメージだな？（適当）

普段よりも巻きが強い髪は後頭部の低い位置でラフな感じで一つにまとめられて、ほどよくカジュアルさを醸《かも》し出している。

右手には竹の骨組みに布が貼られた高くて丈夫そうな団扇《うちわ》、左手は編み籠《かご》っぽいバッグの中に巾着《きんちゃく》が放り込んであった。

足元はもちろん下駄。あまり底は厚くない実用的なもので、鼻緒は暖色系の手毬《てまり》柄。足のネイルもばっちり決まってる。

「志野くん、感想は?」

そう天道に問われて頭から足元までを眺めて、もう一度下から上に戻る。

なんていうか、お祭りに一緒に行きたい浴衣の恋人の見本みたいなパーフェクトっぷりだった。

「すごく可愛い、つかささんじゃないみたい」

「ちょっと?」

「なんか良い、とても良い……」

「まぁ褒めてくれているみたいだからいいけど……というか志野くんは浴衣じゃないのね」

「あ、うん」

こうなるとTシャツにジーンズにスニーカーの完全普段着スタイルで来たのがちょっと申し訳ない気もする。

あんまり気合を入れすぎるのもなあと考えていたのが裏目に出た。

「まぁ、そもそも浴衣は持ってないし」

「作ったらどう?　男の人でもたまに着てみたら楽しいかもしれないわよ」

「いや、まだ成長期だから着られなくなったら勿体《もったい》ない」

あと「買ったら？」じゃないあたりにひしひしとお金持ちの波動を感じる。

「嘘おっしゃい、もう身長が伸びる年じゃないでしょ」

しかし、僕もだけど天道も微妙にテンション高いな。

これも祭囃子《まつりばやし》と、歩行者天国になった商店街にちらほら増えてきた人の熱気のせいなんだ。

「はえー……」

にしてもこの浴衣はちょっと破壊力高いな……。

「ほらね、夏の良い思い出になったでしょ？」

「うん」

「――なんだか志野くんにこうも素直に喜ばれるとそれはそれで不安になるわね」

不憫《ふびん》な話だ。

でもまぁ実際に天道が得意顔になるのもわかるくらいに綺麗だし、こうなると浴衣の女子とお祭りに行ける男子は実質優勝と言っても過言ではない気がしてきた。

つまり僕も今日ついに人生の優勝者になった……？

「それで志野くん、なにか食べたいものとか希望はある？　十八時半からは通りの反対の入り口のステージでダンスとか出し物もあるけど」

「んー、そういうのはあんまり興味ないなあ。適当に歩きながら気になったものを摘《つ》まんでいければいいかなって」

「じゃあそうしましょうか」

「あ、その前にちょっと浴衣姿を撮らせてもらってもいい？」

「良いけど、首から下だけとかだったら怒るわよ」

「えらく信用ないんだな、僕……」

「少しは自分の普段の行いを振り返ってみたらどう？」

憎まれ口をたたきながらも、スマホを向けると天道は完璧な笑顔でポーズを取った。うーんこの自分の見せ方をわかっている感じ、いかにも美人ならではだな。

「腹立つ」

「なにがよ！　今は怒る要素なかったでしょ!?」

「ごめん、つい」

しかしまさかこんなに自分が浴衣女子に弱いとは知らなかった。

これ、ホーム画面にしようかな……。

「ねえ志野くん、なんで私よりも画像を熱心に見るの？」

「いや、僕には一次元落とすくらいでちょうどいいかなって」

「なんとなく不愉快ね……」

『――ただいまより、川端《かわばた》商店街、土曜夜市を開催いたします――』

天道が眉を吊りあげたところで、スピーカーから開場のアナウンスが流れる。

歓声や拍手はまばらだったけれど体感の温度は一気に上がった気がした。

「それじゃあ、行きましょう。急がないとどこも列が伸びるから」

「うん。あ、つかささん、バッグは僕が持つよ」

「ありがと、じゃあついでに左手も持ってもらえる？　はぐれるといけないから」

「――まぁ、そうだね。この人出だし」

思っていたよりも重かったバッグを左に持ち替えて、右の手で天道の手を握る前に一応ジーンズの尻で拭いておく。

少し微妙な表情を見せた彼女の華奢《きゃしゃ》な手は、今までより少し熱かった。

§

「――ンマいなコレ」

ひとまずは二つ三つと食べ物をピックアップして、通りの端で腹ごしらえすることに。

今日ばかりは天道から「お行儀《ぎょうぎ》悪いわよ」のお叱りもない。

焼肉屋の前に出ていた牛肉のステーキ串は、厚みがあって実に食いでがあった。

シンプルな塩と胡椒《こしょう》だけの味つけと染み出る肉汁と脂が、夏の夕方に汗をかいた体にはたまらないご馳走だ。うーん、白米が欲しくなる。

値段はそれなりにしたけども、まぁこういう場所で野暮《やぼ》は言いっこなしだろう。

「——ねえ志野くん、確かに希望はある？　って聞いたけど、どうしていきなりたこ焼きと焼きそばとかなの？」

しかしたこ焼きの船を手にした浴衣姿の婚約者殿は少々不満そうな気配を発していた。

一人分は食べきれないからって、僕のをシェアさせてと提案したのは天道なのにな。

「ええ、定番じゃない？」

「私の浴衣を見てよ、まさか意地悪じゃないわよね」

確かに白の浴衣は汚したら大層目立ちそうだけど、そもそもお祭りだと食べ歩きする関係で危険度はどれも似たり寄ったりでは？

「そんなことしないよ。お腹がすいてたし、僕が食べたいのを選んだだけ」

「それならいいけど……」

「まぁ、つかささんの歯に青のりがついてたら面白いかなとはちょっと思ったけど」

「ちょっと!?」

ぐい、とたこ焼きを僕に押しつけて、天道はバッグから鏡を取り出す。

うーん、歯をチェックする仕草さえもさりげなくて上品だ。さすがは天然物のお嬢様。

僕なら多分思いっきり歯茎《はぐき》をむき出してチンパンジーみたいになるのにな。

「あっと」

「いたっ」

そう思っていたら肩に軽い衝撃が走る。天道の様子をのぞき込もうとした拍子に、誰かにぶつけてしまったらしい。

「すみません」

「ごめんなさ――ってあれ、志野じゃん。来てたんだ？」

「あれ、小倉《おぐら》か。オッスオッス」

ちょうど同じタイミングで下げた頭をあげたのは見知った顔だった。

焼けた肌に短い髪がいかにもスポーツ少女という感じの小倉香菜《かな》は高校のときの同級生で、バスケ部にもかかわらず当時から日焼けが目立つ根っからのアクティブ系で、大学の学部は違うけど今も会えば世間話くらいはする仲だ。

連れの子たちも似たようなショートカットなので、多分サークル仲間かな。

「そういやおじいさんの家がこっちの方って言ってたっけ」

「そそ、それでなに、志野はまさか男一人でお祭り来たの？　寂しいヤツー」

面白いものを見つけた、とばかりに少々意地悪に笑う小倉に「違うよ」と告げようとしたところで、隣から聞いたことのないような硬質な声がした。

「こんばんは、小倉さん。ごめんなさいね、志野くんは今日は私とデートなの」

「……あぁ、天道と一緒なんだ、へえ」

もうこの一瞬で知り合いだけど、全く友好的ではない二人の関係が頭ではなく心で理解できた。

小倉の態度も露骨だけど、彼女の連れの女子も少しばかり目がとがっている。

まぁ、間違いなく過去の天道の男絡みだろうな。

あ、たこ焼きおいしい（逃避）、こんなときにやめてくれよ（本音）。

「天道って男子と見かけるときはいっつも違う相手といるよね、今日は志野？」

「ええ、小倉さんは友達と来たの？　女子だけっていうのも気楽でいいわよね」

「――なに？　それなにが言いたいわけ？」

「あら、特に他意はなかったのだけど、気を悪くしたのならごめんなさい」

しかしまたどっちも気が強いな、衝突不可避だろこんなもん。

そんなことを思いながらたこ焼きを食べ終え焼きそばに移ったら、小倉の友達に冷たい目で見られた。いやでもこれ僕になんとかできる？

仲裁しようとしても「なんでそっちの味方をするの！」って延焼しない？

そして小倉の嫌みに天道が冷笑で返す内容を精査した結果、どうもかつて小倉が懸想《けそう》していたバスケサークルの松岡先輩《まつおかパイセン》なる男子と天道が過去に寝たのが問題らしいが、天道曰く後で知った事にはそれも浮気で、そもそも彼は同級生のマネージャーと付き合っていたから筋違いだと。

なるほど、話の中に二人ほどろくでもない登場人物がいるな！

「でも珍しいじゃん、天道は志野みたいなのって狙わないと思ってたけど？　イケメンばっかり連れ回してたアンタがどういう心境の変化？」

あと流れ弾で僕の容姿をディスるのはやめてもらえないかな。

そりゃ別に自分がイケメンだなんて図々《ずうずう》しい主張をする気はないけどさ。

「あら、志野くんは素敵なところがいっぱいあるわよ？　小倉さんがつまらない男だって思うなら、私はそれでまったく構わないけど」

「は？　別に、あたしそんなことは言ってないんだけど？」

うーん、大惨事スーパー気の強い女大戦勃発《ぼっぱつ》、もう小倉の連れの子とか完全に引いてるんだよなあ。

そして小倉も小倉でチラチラこっちを見てくるけど、詳細は知らなくても天道が過去に誰かと寝ていたなんて別に今更過ぎて驚かない。期待に沿えなくてすまない。

「それからね小倉さん。彼は全部承知の上で私と付き合ってくれているから、余計な心配はしていただかなくて結構よ？」

婚約者だけど付き合ってはないです、その真実だけは訴えておきたかった。

……二人っきりのこの状況だと我ながら苦しい言い分に思えるな。天道なんて浴衣着てばりばり気合入ってるわけだし。

「へえ、そうなんだ……男子に媚びるのは得意だもんね、それで志野もたらしこんだの？　さっすがぁ」

「そうね、私ってほら顔が良いものだから、意識しなくても男の子たちからちやほやされちゃうのよね——もっとも志野くんは内面も見てくれる人だけど」

ちょっと女子ぃー、人をマウント取りの材料兼相手を殴る棒にするのはやめてくんないかな。

ディスられるのはもちろんイヤだけど、過剰に持ち上げられるのもむずがゆい。

「まぁ、横恋慕《よこれんぼ》ばかりでデート中の男の子にまで声をかける小倉さんには面白くなかったかしら。気を悪くさせてごめんなさいね」

「っ、この！　もっかい言ってみろ！」

いつまで続くんだこの地獄、と思っていたら一線を越えた天道の発言に、小倉が声を荒らげた。持っていたお茶のボトルに手が伸びる。

あ、それはいけない。

慌てて天道の手を引いて、小倉に背を向ける形で二人の間に割って入った。

直後にぱしゃりと水音が僕の背で上がる。

「きゃっ」

「あっ!?」

「――うへぇ」

声は、三者三様だった。

背にTシャツがべたりと張りつき、お茶がパンツまで染みる感触はかなり気持ち悪い。

またずいぶん派手にぶちまけてくれたなあ。

ただ幸いなことに腕の中の天道はセーフっぽい、高そうな浴衣は守られたのだ。もし汚しでもしていたら、どっちにとっても悲惨なことになっただろう。

「ちょっと香菜、やめなよ！」

「それはやりすぎだって！　ごめんね志野くん、天道さん」

「なによ、あ、あたしが悪いの!?」

そうだよ（便乗）。いやまぁどっちもどっちだったと思うけどさ。

すでに通りには僕らを遠巻きにする人たちで、少しばかり空白地帯が出来ている。これ以上もめ続けたら確実に主催者に通報されてみんな怒られる流れだ。

小倉の連れが冷静になっていたのが救いだなあ、と思いながら抱きしめていた天道を離すと彼女は白い顔を怒りで真っ赤にしていた。

「小倉さん、アナタね――！」

あかん、こっちが全然冷静じゃない。

お茶かけられたのは僕なんだし、そんなに怒んなくてもいいのにな。

「いいよ、つかささんわざと怒らせたでしょ。言い過ぎだったしそりゃこうなるよ」

「でも……!」

「志野、こんなビッチかばうことなんて――」

「小倉」

ヒッとなんか複数のひきつった声が聞こえた。

ちょっと声がキツ過ぎたかな、でも今の言葉はさすがに黙っていられない。

「お茶のことはいいよ、僕が勝手にかぶったんだし。つかささんに言いたいことがあるのも理解する。でも僕の前で彼女をそう呼ぶのはやめてくれ」

「――なんで」

殴られたみたいな表情で小倉が吐き出した言葉に、納得いく答えはあげられそうになかった。

たとえそれが否定できない事実だったとして、誰であろうと人前でビッチだなんて侮辱されていいわけないと僕は思うんだけど、天道をハナから敵視している彼女には言ったところで伝わらないだろう。

「遊びにきて喧嘩《けんか》するのもつまんないだろ?　確かに彼女も言い過ぎたけど、お茶かけようとしたからお相子《あいこ》ってことにしてくれ」

周囲の人にお騒がせしてスミマセンと頭を下げるとすぐに人の流れは正常化しはじめた。

「つかささん、行こう」

「――うん」

やけに静かにしている天道の手を引いてその場を離れる。最後に振り返ると、小倉はまだなにやら言いたげな表情を浮かべて拳《こぶし》を握りしめていた。

§

「――ごめんなさい」

そうして商店街の脇道に入ったところで、手を引かれるままだった天道が口を開いた。

思わず吹き出しそうになるくらい、実にしょぼくれた声だった。

「いいよ、別に。つかささんが謝んなくても」

僕だって仲良くできない相手はいるし、自業自得な面もあるとは言え特に彼女はその相手も多いだろう。

「まぁ、あんなにはじめから喧嘩腰なのはちょっと意外だったけど、どうしたの」

「言い訳するつもりじゃないけど……彼女も普段はあそこまで露骨じゃないから、つい頭にきて」

申し訳なさそうな表情の天道の言葉に嘘は無さそうだった。というか普段からあんな調子で対応していたらとっくに学内で刃傷沙汰《にんじょうざた》になっていただろうし。

お祭りを楽しんでいたのに、水を差されたってのもあるのかな。

僕も大した被害を受けたわけじゃないし、まぁ細かいところはいいか。

「相手が僕とは言え、男連れで勝ち誇っちゃったからなあ。下手に口を挟まない方がいいかと思って見てたんだけど、早く止めた方が良かったね、ごめん」

「ううん、それこそ志野くんが謝ることじゃないわ、私たちの問題だもの」

小倉も普段はサバサバ系っぽくしてるんだけど、実際にはどうにも湿度高いみたいだし。

まぁ天道の過去の振る舞いに難があるのも間違いないけど。

「でも『とは言え』じゃなくてキミ『だから』だと思うけど」

「え、なんで?」

小倉にも微妙にディスられたけど、羨ましがられるようなイケメンじゃあないぞ。

「——だって、親しいと思っている相手が、自分の嫌いな人間と仲良さそうにしていたら面白くないでしょ」

「あぁ、そっちかあ」
○○ちゃんと仲良くしないで、ってヤツか、小学生かな?

しかしそうなるともうどうしたって二人はここで争う流れだったわけだな！　よし僕も悪くない。ここで出会わせた運命さんサイドの問題だ。

「それよりつかささん、タオル持ってない？　ちょっと気持ち悪くって」

「ん、あるわ。拭いてあげるから背中こっちに向けて」

途中で一度ハンカチで拭いはしたものの範囲が広すぎで処置が中途半端だった。

「じゃあお願い」

お言葉に甘えて背を向けると、いきなりシャツをまくりあげられて直に拭かれて「うひゃあ」となった。

「本当にごめんなさいね、志野くん」

「いいって、それに人生で一度くらいは女の子に水をかけられるのも悪くないと思ってたし」

ちょっと色男っぽい、ぽくない？　どっちかっていうとダメ男か。

「――なあにそれ？　言ってくれれば、私がいつでも心を込めてしてあげたのに」

シャツが下げられ「おしまい」の声にふり返ると、天道はいつもの己の顔に自信がありそうな表情を取り戻していた。それに、何となくほっとした。

せっかくお祭りに来たのに喧嘩して気落ちして帰るんじゃあんまりだしな。

「顔にかけられそうで怖いな、あと多分つかささんならビンタの方が似合うよ」

こぼれた軽口に、天道の目が光った気がした。

「あら、そう?」

言うなり僕の首に、ぐいと彼女の腕が巻きついて頭の位置をひき下げられる。

え、今ぶたれるの?　と思った次の瞬間、唇に柔らかいモノが触れた。

「――――!?」

至近距離の色白の肌と伏せられた瞳と、体を押しつけてきた天道の熱と唇を揉むようにうごめく柔らかいなにかが、キスをしているという事実を鮮烈に脳に焼き付ける。

「――私としては、こっちの方が似合うと思っているんだけど?」

そう言って身を離した彼女はただ少女のようにはにかむ。

視界の端でたまたま通りから目撃したらしいちっちゃい子が、洋画の子役みたいに広げた手で口元を覆っていた。

――その後も九時の解散まではなんやかんやがあったはずだけど、僕のファーストキスがほのかにソース風味だった以外の記憶はどうにも曖昧《あいまい》だった。

第八話　全ての女子の魂の戦い（お買い物デート）

　のちに婚約者だと紹介される大学の同級生をはじめて見かけたとき、天道《てんどう》つかさがふと思い出したのは幼いときに近所の老夫婦が飼っていた犬のことだった。

　シロという身も蓋《ふた》もない名前をつけられたその白い毛並みのミックス犬は、体が大きくて大人しい、子供好きの老犬だった。

　今どきには珍しく室外によく出されており、老夫婦が免許を返上して使わなくなった駐車スペースを定位置にいつも置物みたいに座っていた。

　ただ通学路になっている家の前を子供たちが通るたびに顔をあげ、声をかけられると尻尾を振ったり小さく一声鳴くような愛想があった。

　老齢のためか動作は緩慢《かんまん》で、フェンス越しに触れあえる位置まで来ることは珍しかったけれど、それでもシロは子供たちに大人気で、主人である老夫婦も毎朝毎夕と大層騒がしかったろうに好きにさせてくれていた。

　つかさもそんな彼に魅せられた子供の一人で、親類の家でドーベルマンに吼《ほ》えられてから犬は苦手になってしまったのだが、大人しいシロだけは特別だった。

幼いながらも自分はシロだから好きなのだと理解していたつかさは、家人《かじん》に犬を飼うのを強請《ねだ》るでもなく、ただただ日に二度、通学と帰宅の際に物静かな老犬と見つめ合うだけの関係に満足していた。

けれど子供というのは移り気なもので、今となっては思い出せないなにかに夢中になったつかさは、一週間ほどシロの家の前を素通りしたことがあった。

そしてその間に、人ならば八十歳を超えていた彼はこの世を去ってしまった。

眠るような最期だったと、夫人からそう聞かされたのは空っぽの駐車スペースを不思議な気持ちで眺める日が一週間続いたあとのことだ。

家の前を通る大勢の子供のうちの一人にすぎなかったつかさの気まぐれと、老齢だったシロの死に無論因果があろうはずもない。

けれども、幼い少女にはなんとなしの後ろめたさと小さな後悔が残った。

――自分が目を離したがためにシロはいなくなってしまったのではないか。

トラウマというほど深刻ではないが、それでも小さな傷は確かに幼い心に刻まれた。

そこへきて、そんな老犬とどこか印象が重なる婚約者の出現である。

秋生まれでまだ二十歳になっていないのにその枯れっぷりはどうなのかと思うし、のちに意外と口が達者で中々憎たらしい気持ちにさせてくれるとも知れたが、それでもその第一印象が覆ることはなかった。

天道つかさにとって苦手な犬の中で唯一の例外がシロならば、顔も見えなかった婚約者像をはじめとした男性の中の例外が志野伊織《しのいおり》なのだ。

少女と呼ばれる時期は過ぎ、とっくに外見も内面も性経験も大人になっていたつかさは、それでも過去の体験から半ば強迫的にこう思った。

この人から目を離してはいけない、いや今度こそ手元においておかねば、と。

§

「つかささん、こっち」

ドーム球場前の停留所でバスを降りた天道つかさを、強い日差しと気の抜けた声が迎えた。

ひらひらと手を振る青年のもとへ、日傘を広げつつ精々焦《せいぜいじ》らすような足取りでつかさは向かう――こういう細かいテクニックがどれほど通じるだろうか、と考えつつ。

「おはよう、待たせちゃった？」

まだ午前中だというのに歩道のタイルに落ちた影は色濃く、空調の効いた車内との気温差がすぐに背に汗を浮かばせる。

「おはよ、いやこっちが早く着いただけ」

「こんなところじゃなくて中で待っててくれてよかったのに、暑かったでしょ？」

「あー、それもそうか。まぁ平気だよ、日陰にいたし」

「本当に？　調子が悪くなったらちゃんと言ってね、熱中症って怖いんだから」

「うん」

そんな会話をしながら、通りの反対にある目当ての商業施設へ直通する歩道橋をのぼっていく。

肺に吸い込む空気の熱にさえ気だるさを覚えるような暑さの中で、しかし志野伊織はまったく普段通りにぼうっとしてさえ見える自然体だった。

つかさの婚約者である彼は平均よりやや高い身長で、骨格はしっかりしているが肉が薄いためかえって痩躯《そうく》が目立つ体つきをしている。

顔立ちは地味で、とりたてて美形というほどではないが温和な印象を与える。

上の姉による「眠たげな好青年」は適当な評価だろう——もっとも、中身に関してはその印象通りではないが。

自動ドアが開くとまるで別世界のような冷たい空気が、熱い外気と入れ替わりに体をくすぐるように吹き抜けていく。

三年前の秋にオープンしたショッピングモールは、まだまだ眩《まばゆ》い輝きで二人を迎えた。

「それで、どっから回るんだっけ？」

そうして伊織が休日のデートだというのにいきなり用件に入った。

ここは軽く服装について話をはじめて相手のセンスを褒めたり、少なくとも興味と関心を示すべきだろうに、とつかさは眉を持ち上げる。

「その前に志野くん、感想は？」

こんな直截《ちょくせつ》な聞き方は不本意だったが、この婚約者にはこうやって反復で刷り込みでも行わねば一生自発的な発言はでてこないだろう。

証拠に、伊織が口を開いたのは不思議そうな表情を浮かべたあとだった。

「――夏のお嬢様っぽい？」

それがたとえ小学生でも言えそうな、簡素に過ぎて賞賛なのかわからない評であっても興味を示されないよりはマシだ。

まぁおそらく季節感があって上品（あるいは清楚）だと言いたいのだろう。

今日のつかさは淡いブルーの襟付きシャツワンピ、足元はシンプルなダブルストラップのサンダルと伊織の好みと踏んだ大人可愛い系コーデでまとめている。

表現力はともかく、感想としてはまあ妥当なところか。

「そのまんまだけど、ありがと」

「どういたしまして」

ただこの「しょうがないな」って表情はどうにかならないだろうかとつかさは内心でた

め息をついた。まったく、憎たらしい人。

「で、どっから回るの？」

同じ言葉で問い返されるのも抗議したいところだが、彼を相手に細かいことを気にしていては本当にキリがない。

「先に志野くんの買い物から済ませましょう、たしか靴が見たいんだったわよね？」

そう疑問形で言ったものの実際にはしっかりと覚えていた。

なにせ渋る彼に捻《ひね》り出させた「新しいスニーカーが欲しい」という理由がなければ、今回のデートも、そしてその先を見据えたプランも成立しなかったかもしれないのだ。

「別にあとでいいよ。すぐに済むし」

「なら先でもいいでしょ？　志野くんの買い物が終わっていれば、私が時間を気にしなくていいじゃない」

「ええ……？」

少しでも婚約者の好みを把握するためのつかさの建前に、伊織は心底困惑するような表情を浮かべた。

「まあ、いいけど、じゃあえっと……三階だね」

「ええ」

そうして目当てのシューズショップに着くと同時に彼は、まっすぐスニーカーの棚へと向かい、端から端まで眺めて一つを手に取った。

それは側面のブランドロゴと踵《かかと》の部分にコルクを使っていること以外は、これと言って特徴のないシンプルなベージュのスニーカーだった。

値札をちらりと確かめて店員を呼ぶと、試し履きに二歩三歩と歩き「これ買います」とあっさり決断する。

吟味にかかった時間は呆れるほどに短かった。十分もかかったかどうか。

「志野くん、私別に急《せ》かしたつもりじゃないのよ？」

「え、いや、普通に選んだけど」

もしや気を悪くしただろうかと聞いてみれば彼はいつも通りの調子で答えた。

伊織が嘘やごまかしが下手で全部顔に出る上に、追従《ついしょう》やご機嫌取りには無縁すぎるくらいに無縁なことはつかさも理解している。

「そう？　ならいいけど……」

つまり彼にとって買い物は「必要なものを予算の内で選ぶ」という原則に従うものであって、娯楽ではないのだろう。

おそらく買ったスニーカーもどの服に合わせるかなどは考えもせずに選んだに違いない。

それでいつも微妙にチグハグな格好なのね、とつかさは納得した。

今日にしたって肩幅はあっているが丈が余り気味でぶかぶかに見えるシャツ、ズボンにしても細身のデザインなのに上げていない裾《すそ》が足首であまっているという有様だ。

無頓着と無関心の結果が生んだ伊織の服装は、はっきりいって少々だらしがない。

もっとも、今の段階でそれを指摘すれば他の女子の気を引きかねない、改善してもらうのは外堀を埋め切ってからでもいいだろう――

「それじゃあ、次は私の番ね」

そういった内心をおくびにも出さず、つかさは伊織の腕を取った。

目指すは特設された水着売り場――今夏中の野望達成のためには避けて通れぬ戦いの地である。

§

「――それで志野くん、行先は海にする？　プール？　それともナイトプール？」

下りのエスカレーターでつかさがそう問いかけると、一段下に立った伊織は顔だけで振り返った。

「それってやっぱり水着を選ぶのに関係あるの？」

「ええ、だってそれぞれすることが微妙に違うでしょう？」

「まぁそっか、じゃあナイトプールは除外として」

「あら、行ったことあるの？」

「いや、ないけどあんなパリピ空間では生きていけないから」

「そんなわけないでしょう……」

「いいや、あんなリア充空間に僕なんかが踏み込んだら大変なことになるよ」

大抵の人間がうらやむだろう自分という婚約者がいてリアルが充実してないというのはどういう了見だ、と言いたいところをぐっと堪《こら》える。

「具体的に、どうなるの？」

「──死？」

首を傾《かし》げながらも、伊織の表情と声音《こわね》は真剣そのものだった。

エスカレーターを下りきって、つかさに視線で行先を問うた彼の腕を再び取る。

一瞬、体をこわばらせて距離を取ろうとした手をぐっと握って、ぶつかるように身を寄せた。

「どうしてよ、大げさね」

観念するように力を抜いた彼を引きずりながら話を続ける。

「いやー……あとまぁ、万が一楽しかったりすると、時間も遅いから帰りが億劫《おっくう》になりそうだし」

「その時はそのまま泊ったらいいじゃない？　市内だとほとんどはホテルのプールよ」

良い提案とばかりにことさら愛想よくつかさが言うと、伊織は露骨にいやそうな顔で首を横へ振った。

「だから除外するんだよ……あぁそれ考えると、ちょっと遠出になりそうな海も厳しいかな？　百道《ももち》は近いけど、人多そうでパスしたいし」

「そうね、百道以外だとだいぶ端の方になるし、綺麗で静かなところなら糸島《いとしま》までいかないとダメじゃない？　本当にこだわるなら一番良いのは泊りがけで県外でしょうけど」

「無理」

想定はしていたけれども、その強烈な一言につかさは一瞬言葉を失った。

伊織はときおり自身が女子にモテないと嘆くが、それは自業自得というものだ。

つかさの見立てでは、彼に興味がある女子は過去にも現在にもそれなりに存在しているはずだ。

ただ彼自身の妙な勘の悪さと、ときおり情け容赦の一切ない返事をする性格がアプローチをためらわせてきたのだろう。

自分もその例外にされないことを除けば、ライバルが減って助かる話だが。

「ねえ志野くん、前にも言ったけど『無理』って言うのはやめて、泣くわよ」

冗談めかして言ったそれは、同時に偽らざる本心でもあった。

つかさだってどうかすれば、何かの拍子に心が折れたっておかしくはない。

相手が伊織でなければ一度で思いを断ち切っているような、それくらいの塩対応だ。

「ん、わかった。となると海浜《かいひん》公園のプールかな、海の中道《なかみち》の」

それがわかっているのかいないのか、伊織はあっさりとした様子で話題を続ける。

「――そうね、あそこも人は多そうだけど、平日ならまだ家族連れは少ないかしらね」

ため息をつきたいところを堪《こら》えて、水着売り場の前に来てぴたりと足を止めた彼の腕を引く。

「この期《ご》に及んで往生際が悪いわよ、志野くん」

「こんな往生は迎えたくなかった……」

とは言えそんな抵抗もわずかのあいだのことだ。

売り場には女子同士の二人組も多いが、カップルだって珍しくはない。そこでまごついていた方がよっぽど目立つのははっきりしている。

「それじゃあ、人目の多い屋外プールで志野くんが私に着てもらいたい水着選びね」

「いや、そこはつかささんの好みでいいでしょ」

「ワンピース？　それともセパレートの方が良いかしら」

「聞いてよ」

「じゃあ私のおへそが見たい？　人には見せたくない？」

「より答えづらくするのはやめてくんないかな」

「じゃあやっぱりビキニね」

「露出が増えてるし、どうして『やっぱり』なのかわからない」

彼の考えがわかりやすいところも、こういう時には悪くはない。

「あら、だって私のおへそが見たいから答えづらいんでしょう?」

外堀が埋められるのを警戒して、なにかと返事が渋く付き合いも悪い伊織だが、結局のところそれはつかさに魅力を感じているからだろう。

その手ごたえにだけは、確信があった。

「ね、やっぱり男の子的には面積が小さい方が良いの?」

「——それよりも透けたりずれたり、そういう心配がないのがいいかな」

「そう? わかった」

切実かつ深刻そうな伊織の「お願い」をつかさは微笑《ほほえ》んで受け入れた。


「——どう?」

そうして試着室を出た瞬間の伊織の表情をつかさは生涯忘れないだろう。

何事かを言いかけては口を閉じることを繰り返す彼に、思わず笑み崩れた瞬間。

「綺麗だけど?」

拗《す》ねたような声で、しかも真剣な表情でそう言われてつかさは噴き出した。

「っ、あはは」

どうしてそんな悔しそうな顔をする必要があるのか、そのくせ言葉と視線は正直なのか。

ひとしきりつかさが笑い終えると、仏頂面のままで伊織がスマホを取り出した。

「つかささん、撮ってもいい？」

「……いいけど、じっくり見るのは家に帰ってからにしてね」

浴衣《ゆかた》のときみたいに微妙な気持ちにされるのは御免と先手を打つ。

伊織は複雑な表情のまま頷《うなず》いて、再びつかさの自尊心を大いに満足させた。

「それと盗撮に間違われたらいけないし、自分で撮るからスマホ貸してくれる？」

「あ、そうだね」

そうして試着室に引きかえし、下品にならない程度にセクシーなポーズで数枚を撮る。

「どうぞ」

「ありがと……」

スマホを受け取った彼は頭をかいて難しい表情になった。

「どうしたの？」

「……撮ってもらったあとでなんだけど、それってちょっと事故りそうじゃない？」

つかさが選んだ水着は白の三角ビキニだ。

布の面積自体はとりたてて小さいというほどではないが、トップのヒモは細めで、ボトムもサイドはかなり幅が狭い。伊織の心配もわからないでもない。

とは言え若い男女が二人で行くプールだ。

間違ってもタイムを競って泳ぐことはないだろうし、この年でプロレスごっこもないだろう。あったら償《つぐな》いとして夜のプロレスも付き合ってもらうが。

「本気で泳がなければ、大丈夫よ」

彼の内心の葛藤《かっとう》を察してつかさがそう述べても、伊織は歯切れが悪かった。

「いや、そうだけどさ、ウォータースライダーとかもあるし」

「それは当然志野くんと一緒に滑るのよね？　その時は助けてくれればいいじゃない」

「いやいやいやいや、それもう事故るの大前提になってるじゃん」

もちろんつかさだって公衆の面前で露出したいわけではないが、この手強い婚約者にもっと自分を意識させるためなら少々体を張るくらいは許容範囲だ。

「これくらいの方が可愛《かわい》いと思うんだけど」

まぁそういった打算を抜きにしても、気をつけていたところで事故は起きるもので、それが嫌ならそもそもビキニはやめておくべきだろう。

「もうちょっと大人しいのにしてくださいお願いします」

しかし当事者でない伊織はそこまで割り切れないらしい。

彼が敬語を使うのはだいたいが切羽詰《せっぱつ》まっているときだ。

困っているのも、つかさのことを心配しているのも本当だろう。

つかさにとっても悪くない気分だが、同時に譲歩を求められたのも間違いなかった。

「それは志野くん、婚約者としてのお願いってことで良いかしら？」

「ぐ……」

だから多少、駆け引きをしてもいいはずだ、と考える。

「違う」と言えばそれは伊織の個人的な要望になるし、「そうだ」と言えば婚約者としての立場を認めたことになる。

どっちに転んでも「仮の」とか「一応」とかをつけたがる彼に婚約者たる、そうしてつかさを多少なりと意識している自覚を促すきっかけになるだろう。

それからたっぷり数十秒は悩んだあと、肩を落として伊織は降参した。

「ソウデス」

「そう、なら仕方ないわね。キミがそこまで言うんなら、別のにしておくわ」

「ありがとう……」

死んだ目で礼を言う伊織に、つかさは心底からの笑みを浮かべた。

「プール、楽しみね」

「……そだね」

疲れた声で同意した伊織は、結局次に選んだ水着でもスマホを取り出した。

なんとなく疲れた様子の彼とは対照的に、つかさは終始ご機嫌でその日のデートを終え、大いに満足して帰路についた。

§

そしてその夜つかさの部屋に悩ましい声とシーツをかき乱す音が響いていた。

性的欲求は思案の外《ほか》とするつかさは、その解消の助けに婚約者を用いるのをためらわない。

「ん……」

とくに成り行きで彼に抱きしめられた夏祭り以来、その腕に、胸に抱かれる妄想は実に捗《はかど》るようになっていた。

骨っぽくて筋張った腕は意外に力強く、薄いけれど広い胸には引き締まった硬い筋肉の感触があった。もう久しく感じていない他者の体温は、体の芯までを熱くさせる。

「伊織くん……」

いつも眠たげなあの目を見開いて、自分のことを見てほしい。

少し高い、少年のようなあの声で自分の名前を呼んでほしい。何度でも、熱心に、繰り返し――

その願いは今のところ叶っていない。目途《めど》も立たない。

かつて与えられて当然だったものが、しかし本当に欲しい相手からはそうでないとわかった時、つかさは満たされない飢えとともにある種の高揚感を覚えていた。

幸運だった、相手は家に決められたこととは言え婚約者だったから。

ひるがえって今まで続く彼の小さな、そして断固たる拒絶を不幸とは思えなかった。

伊織がときおり見せる公正さと果断さが、理由はつかさの決断にあると教えてくれたから。それを不運としてはあまりに反省がないというものだ。

そしてその事実は、むしろ闘志を一層煽《あお》った。

これは挑戦なのだ。

柔弱《にゅうじゃく》そうでいて頑固《がんこ》で、流されやすそうでいて意地っ張りで、辛辣《しんらつ》なくせに親切でもある志野伊織のたった一人の「例外」になるという、困難で、それだけに挑み甲斐《がい》のある戦い。

そうしてそういった気持ちになる理由が何故《なぜ》なのかも彼女はすでに理解していた。

天道つかさは、恋をしている。

それは、紛れもなく幸せなことだった。

第九話　だいたい夏のせい（拡大スペシャル）

潮の香りと強い日差し、そして風に揺れる帽子を押さえながら海を眺める女の子。

渡船場を舞台にした絵にかいたような夏の風景の主題は、僕、志野伊織《しのいおり》が婚約者候補代理見習いを務める相手、天道《てんどう》つかさだった。

「――ちょっと暑いけど、いい天気になって良かったわね」

キャミソールにホットパンツとその長い手足を惜しげもなく晒《さら》し、上に薄手のカーディガンを羽織って麦わら帽子と大きなジュートバッグをあわせた天道は、今日の空よりも晴れ渡った笑みで僕をふり返った。

「……そだね」

我ながら冴えないと思える返事になったのは、きらめく水面よりも眩《まぶ》しい婚約者殿の顔面にやられたのではなく単純に船酔いのせいだった。

「――まだ落ち着かない？　船が苦手だったなら電車でもバスでも良かったのに」

「あんまり乗ったことないから、こんなに酔うとは思わなかったんだよ……」

百道《ももち》浜から海の中道《なかみち》へ、博多湾《はかたわん》内を南北に縦断する二十分足らずの航路でも僕を打ちのめすには十分だった。

背中を撫でてくれる天道の気遣いはありがたいが、弱っているときに優しくされると弱い系男子としてはちょっとやめて欲しくもある。

婚約者になった直後はいざ知らず、デートしたりデートしたり、夏祭りでキスされたり、半裸も同然の水着姿をおがんだ今となっては特に、だ。

あれ、これもう僕は観念して責任を取らないと駄目な奴では？

「――よし、そろそろいこっか」

「焦らなくても、落ち着いてからで大丈夫よ？」

「優しくしないでほしい」

思わず本音が駄々漏れになると当然のように不思議そうな顔をされた。

相変わらずどんな表情しても顔が良い、そりゃあアピールするのもわかる。

「いや、ぐらぐらしてる感じはおさまってきたし、あとはシャワーでも浴びたらすっきりすると思う」

「そう？　無理しないで辛くなったらちゃんと言ってね」

僕が吐いたり倒れたりして迷惑をこうむるのは天道だし、同行者として当然の気遣いだろうけども、それでもやっぱり嫌な顔一つしない態度には好感度があがる。

「気をつけるよ」

立ち上がり左手を差し出すと、天道は嬉しそうに右手で僕を引き、くるりと踊るようなステップで隣におさまった。

「――そんなに近いと暑くない？」

男女で歩くときは手をつなぐか腕を組むのが当然と思っている節のある彼女は、最近では僕の左が定位置になっている。

「あのね志野くん、薄着の可愛《かわい》い女の子にくっついてもらったときはもっと嬉しそうな顔をするものよ」

「ソッカー」

僕の知らないマナーだな。

実際のところ腕に触れる柔らかな感触とか、髪をアップにしてるせいでチラチラ気になる白い首筋とか、あとなんかいい匂いとかで暑さなんか些細なことに思えたけど。

まぁ一番は至近距離からくりだされる偏差値激高の顔の破壊力だが。

プール用なのか普段とはまたちょっと趣《おもむき》の違うメイクをした今日の天道は、その大人びた繊細な美貌に、子供のように無邪気な笑みを浮かべている。

それを見れば今日という日をどれだけ彼女が楽しみにしているのか、わかろうというものだ。

たとえ年貢を納めるつもりが無かろうと、それを曇らせるような真似ができるほど血も涙もない婚約破棄マシーンには、僕はなりきれなかった。

「楽しみだね、つかささん」

でであれば不景気な顔をしてないで、こっちも心から今日を楽しむべきだろう。

「ええ」

そういう僕の気持ちが伝わったのか、天道の声は弾むようだった。

§

太陽の位置が高くなるにつれジリジリと気温は上がり、プールサイドに点在していた影も少しずつその面積を減らしていく。

「あっつぃ……」

顔を洗ってすっきりしたおかげで取り戻した元気が、天道の着替えを待つ間にじわじわと奪われていく。

「おまたせ、志野くん」

もう一回引っ込んで顔を洗ってくるかな、と思いはじめたころプールサイドのさざめきを割って天道つかさが僕を呼ぶ声が聞こえた。

「――――」

そうして彼女の姿を視界に入れて、僕は言葉を失った。

クロシェとかいう編み目の隙間がセクシーな白のビキニは、お願いした通りに面積的にも事故率的にも十分に童貞に配慮されたものだったけれど、それをいざ日の下で見たときの破壊力は想像を絶していたのだ。

試着の時に撮った画像なんて魅力の三分の一だって引き出せていなかった。貸しロッカーの赤いキーバンドさえアクセントにして、天道つかさは眩《まばゆ》いばかりに輝いている。

「……！　……!?」

思わず周囲を見回すも、連れを待っているらしき人も、合流してプールに向かう人たちもときおり天道に視線を送ることはあっても、そこまで僕らを気にした様子はない。

え、なんで？　これくらいの女の子って珍しくないの？

「志野くん？　どうして私に声をかけるより前に周りを見るの？」

「え、いや、これって合法？」

「……熱中症？　それともまだ気分悪い？　頭大丈夫？」

さりげなく酷《ひど》いことを言われた。

言われたけども今なら何言われても許せるくらいに天道の水着姿は可愛かった。

あと「熱中症」のところがえらくゆっくりと聞こえたのは僕の脳が煮えてるのかな。

「や、ごめん大丈夫」

うろんな視線を向けてくる彼女にそう言って、深呼吸を繰り返す。

これ頭があついの多分日差しのせいだけじゃないな……。

「よし、落ち着いた。ちょっとびっくりしただけだから」

「私の魅力に？」

「うん」

「そ、そう……」

普段なら何事か言いたくなる自信家っぷりにも、今ばかりはなにも言えない。

というか周りの男たちはなんで平気な顔してるんだ、僕ならガン見してるぞ。

「ならきょろきょろしないで、感想——」

「めっちゃ可愛い、すごく可愛い、超似合ってる、ありがとうつかささん」

「え、うん……？」

彼女の両手を握りしめ、ぶんぶんと上下に振りながら礼を言う。

自分でもちょっとテンションおかしいな、とは思うけれども、珍しく褒め言葉に赤面している天道も普段と違っておかしいので多分これ全部夏のせいだな。

「まぁ、喜んでくれたならいいけど……」

「めっちゃ嬉しい、すごく嬉しい、超嬉しい」

「ねえ、ちょっとテンションが高くない？　志野くん本当に大丈夫よね？」

「失礼な」

いっつも褒めて欲しそうにしているのにいざ自発的に褒めるとこれか。

もっとありがたがればいいのに、美人様《もつもの》はちょっと微笑《ほほえ》めば、庶民《ぼく》がいつでもいくらでも賞賛を吐き出すと思ってるな？

その通りだぞ。

「その百面相もやめて、もう、体調が悪いんじゃなきゃ行きましょう」

ぐいと実質半裸みたいな水着姿の天道にひっぱられて、サーフパンツだけで実際に半裸の僕はぴたりと寄り添う様な形でプールへと引きずられていく。

「つかささんって、肌白いね……」

「今更？　それを志野くんのために日に晒してるんだから、感謝してよね」

「うん、ありがとう、そしてありがとう」

「……やりづらい！」

「いっだい！」

ちょっと混乱した様子の天道に、ばちんと裸の背を叩かれる。

かなりはしゃいだことをしている気がしたけども、周囲はやはり僕らのことなんてさほど気にした様子もない。

どうやら思っていたよりずっと世間はバカップルで溢れているようだった。

流れるプールをふよふよと跳ねながら流されるうちに——ついでに二度ほど天道の頭冷やしたら？　というありがたい提案に従って水に潜った結果、僕の頭は常の鋭さを取り戻していた。

§

「〜♪」

そうして鼻歌歌いつつ跳ねて、トップに重ねたクロシェ編みの短いキャミソールをふわりと水中にひろげる天道の姿を見て、一層の冴えを求めて水中に頭を叩きこむ。

「……志野くん、水が跳ねるからそれやめてもらえない？」

首から上はあまり濡らしたくないらしい天道は、僕の腕や肩を支えにふわふわと漂いながらそんなことをのたまう。まぁ髪濡れると大変だろうしなあ。

「サーセンした」

「言い方……！」

はあ、とため息をつきながら天道は右から左へ、跳ねる僕の肩を伝ってぐるりと一周する。先ほどからどうも足をつかずに回れるかという遊びを試しているみたいだが、細い指で肩を直に触られるとぞくぞくするからやめて欲しい。

つくづくフィット感強めのインナーをはいててよかった。

「志野くん、今日はいつにも増して変だけど、そんなに私の水着姿が良かった？」

「うん」

多分、冗談のつもりだったのだろう天道が小声で「ええ……」とか呟《つぶや》いて固まった。うーん、正直すぎる自分が憎い。

「――ナイトプールは死ぬって言ってたけど、普通のプールでも許容値を超えてたんじゃない？」

「ちょっとそんな気はしてきた」

呆れた声で言われても反論の余地は全くない。

どうも知らぬ間に顔の良さに慣れてしまって、くわえて先の浴衣《ゆかた》で僕はすっかり油断してしまっていたのだろう。

どう考えても本来、天道つかさは女子と付き合ったことのない男子が二人きりでプールに来ていい存在ではなかったのに。

腰が細いのと美脚ときゅっと持ち上がったお尻は知っていたつもりだったが、おっぱいも結構あったのだ。とてもじゃないが半裸で触れ合えるはずもない。

なんで僕は水着を買いにいったときにそれに気づかなかったのか……。

「最近はＡＥＤの準備も良いだろうし、心臓が止まりそうになったら教えてね。人工呼吸は私がしてあげるわ」

そうしてテンパった僕に比べて、天道はこちらの動揺に察しがついたらしくその口は滑らかだ。

「濡れてる人に電気ショックってしていいの？」

「さあ……あっ」

後ろから流れてきた人にぶつかりかけた天道をぐいと引き寄せる。

「サーセーン」

僕らくらいの若い男は、片手をあげて軽く詫びる。危ないけどまぁこれだけ人がいればなあ、とこちらも右手をあげて応えた。

「だいぶ人も増えてきたね」

そうして天道に視線を戻すと、彼女はなにやらぼうっとした様子でこっちの胸板をぺたぺたと触ってきた。ちょっとくすぐったい。

「つかささん？」

「——あ、ごめん、志野くんって結構筋肉あるなあ、って」

まったく悪びれない様子にこれで僕が天道の胸さわって結構あるよねって言ったらどうなるんだろうか、と一瞬魔が差したけども、どう考えても僕の立場が悪化するだけだ。

恐ろしい夏の罠だった。そして男女は不平等だ。

「ねえ、志野くん。ちょっと疲れちゃったし、おぶってくれない？」

「ええ……」

「なんでそんな嫌そうな顔するのよ！」

「そう言われてもなぁ……」

まぁ確かに？　女の子を背負ってキャーキャー言わせながらざぶざぶ水をかき分ける男子は結構いるけどもそんなことを僕にしろと？

背中の幸せへの接地面積が大変なことになって心房細動が起きたらどうするんだ。

「というか疲れたならちょっと水から上がろうよ、結構長いこと浸かってるしさ」

そう言ったところで、タイミングよく係員から休憩時間のためプールを上がるようにと声がかかった。

「あ……そうね」

天道の手を引いてプールサイドに向かう。疲れたというのは案外嘘でもなかったのか彼女の動きはちょっと緩慢《かんまん》だった。

§

体は冷えても日差しの下で運動していたことに変わりはなく、水分は摂っておいた方が良いだろうとトイレのついでに飲み物を買って戻った僕が見かけたのは、いつぞやのように誰かに話しかけられている天道の姿だった。

以前と違うのはそれが男女が入り交じったグループで、なにやら天道も話を切り上げづらそうにしていることか。

「つかささん」

「——あ、志野くん」

天道と共にぱっとこちらを振り向いた一団の印象は「リア充どもだな」だった。

どうやら男三人女二人のグループで、恐らく大学生だろう。

雰囲気からして学年は僕らより少し上かもしれない。

「つかさちゃん、この子が言ってた彼氏クン？」

「あ、はい、えっと」

そうしてリーダー格っぽい爽やか細マッチョが僕に挨拶するでもなく、なれなれしく天道にそう聞いたのでおおよその人となりは察した。

はてさて、どう切り抜けるのが良いのか。波風立てても仕方ないのは確かだけど。

「はじめまして、つかささんの婚約者の志野です……この人たちは？」

ひとまず挨拶は大事なんだって常識くらいは覚えて帰ってもらおうかな。

こちらは敢えて堂々と身分を明かした上で、同じように聞いてやる。

「下の姉の知り合いの方たち、こちらが――」

天道が律儀《りちぎ》に紹介してくれたので頭だけは下げておくけど、聞いたそばから名前は忘れておいた。

今後識別が必要になることなんてまずないだろうし、せっかくの今日の記憶に無礼な連中の個人情報なんて少しも残したくはない。

天道の口ぶりから別にお姉さんの親しい友人というわけでもなさそうだし、そもそもスルーしてよさそうだけども……あー、親しくない分かえって話を切り上げづらいのかな。

「いやー、つかさちゃんが一人でいるからどうしたのかなって思ってさ。どう、彼氏クンも一緒にまわらない？」

「このあとバーベキューの用意とかもしてんだけどー、急に一人キャンセルになって肉とか余っちゃいそうでさー」

彼氏じゃなくて婚約者って言いましたけどお!?

それに僕「も」一緒にってのはなんなんだ、天道のついで扱いか、別に他人にそう思われるのはいいけども口にするのは失礼では？

あと欠員一人ってことはバランス的に女子だったんだろう、それで天道を誘って穴埋めをしたいと。

でも一人減って二人増えたら今度は足りなくなるだろうに、雑な口実だなあ。

別に天道をどうこうしようってだいそれた企《たくら》みがあるとも思えないし、パリピっていうのはこんなものかもしれないけど、普通デートで来てる子を誘うもんかな。

「すみませんがお気持ちだけ頂いておきます。つかささんのご両親にも『婚約者として』僕がちゃんとエスコートするように言われてますし、せっかくのデートなので」

お姉さんの知り合いなら天道家のお金持ちっぷりも多少は知っているだろうし、ここまではっきり言えば男女のグループで食い下がる理由もないはずだ。

天道も何も言わないってことは、断ってしまっていいんだろうし。

「ああ、そう？　いやかたいねー、彼氏クン」

爽やか細マッチョは面白くなさそうに口元をひきつらせたけども、知ったこっちゃない。

「はい、大事なお嬢さんを任されているので。では、皆さんもどうぞごゆっくり――つかささん、行こう」

「あ、うん――それじゃあ失礼します」

「気が変わったら声かけてねー、つかさちゃん」

変わらないから、せいぜい身内だけでウェイウェイアゲアゲしててくれ。

できればプールからの帰りで道に迷ったあげくに殺人鬼が現れる真夏のB級ホラー映画的展開に突入してくれればいいな、と思いながら天道の腕を引いて僕はその場を後にした。

「——志野くん、どこまで行くの？」

そうしてぐいぐいとなんとなく人の少ない方少ない方に進んでいたら、気づかぬ間にずいぶんとはずれまで来ていた。

「あ、ごめん、ついうっかり」

ぱっと手を離して振り返ると、天道はなにやら言いたげな表情をしていた。

ちょっと強引すぎたかな、とその視線で少し血が上っていた頭が冷静になる。

そうして後悔とか自己嫌悪とかそういったものが押し寄せてきた。

「ねえ、志野くん」

「いや、こっちに名乗りもしないでつかささんとだけ話してるのがムカついたって言うか、そもそも僕が婚約者だって名乗ってるのに彼氏、彼氏って軽んじるような態度がいけ好かないって言うか、お姉さんには悪いけどちょっと失礼な人たちだったなって——」

「私、まだ何も言ってないんだけど？」

含み笑いの天道の声は楽しそうだった、ぐぬぬ。

「しかも、なにその口数の多さ。まるで言い訳してるみたいね」

「そんなことないですけどぉ!?」

「勢いで誤魔化せると思ったら大間違いよ」

あ、なんかそれ前に僕が言った気がするな……。

こちらをじいっと見つめてくる明るい茶色の瞳に、詰問されているような気持ちを勝手に覚えて、ついつい早口で僕はつけくわえる。

「――水を差されたみたいで、面白くなかった。ちゃんづけとかなれなれしいなコイツってイラッとした。理由は自分でもよくわからない……これでいい？」

「拗《す》ねないでよ、私も別に全部言わせようと思ったわけじゃないの」

でも、と小声で続けて天道は胸の中に飛び込んできた。

「私も今日は二人だけが良かったから。連れ出してくれてありがとう」

「あ、うん」

裸の胸に押しつけられる意外としっかりした感じのクロシェ編みのトップと、その下の柔らかな「なにか」の感触。

背中に回された細い腕、肩あたりに触れる柔らかな彼女の頬、目の前の濡れていない明るい茶色の髪。

天道と触れあっているところから、じわりじわりと汗が浮いてくる。

やり場に困った腕をしばし馬鹿みたいに上げ下げしたあと、「ママー」とどっかから見ていたらしい子供が「いけません」される声で覚悟が決まった。

「あっ……」

天道が漏らした息が首筋をくすぐる。肩の上から抱き返した彼女の体は細くて、だけどすごく柔らくて、なにより温かかった。

そうしていつぞや自白した予感の通りに、一度触れてしまえばもっともっとと欲求は膨れ上がっていく。

美しい背中の線にそって右手が腰まで下りて、左手は細い首筋をなぞりながら上へ向かい、きっちりと編み込まれた髪に触れる。

ときおりくすぐったそうに身を震わせながら、それでも天道は僕の動きを拒《こば》まなかった。

「志野くん……」

薄桃色の唇から吐き出された熱っぽい声が、僕を呼ぶ。

そこに拒むような響きは無かったと思う。

触れることを許された、そう思うともう止まらなかった。

子供のころ以来の、全身で誰かを抱きしめる感覚は大きな安らぎと、それを上回る強い欲求をもたらすものだった。

それにつき動かされるままに一層強く、細くて柔らかな天道の体を抱きしめた。

「ん……」

ぴたりと全身が密着して、もどかしげに身をよじった彼女が脚を脚に絡めてくる。

――もっと触れたい、触れられていたい。

満たされてはじめて、僕は自分の中にそんな飢え《空白》があったことを知った。

人が一人では、きっと埋めることのできない空白。

天道もきっと今同じことを感じていて、なによりこれをすでに知っている彼女は、今までずっと我慢をしていたのだろう。

僕は初めて天道つかさの過去の一端を本当の意味で理解して、そうしてもう自分でも否定できないくらいにはっきりと嫉妬した。

僕よりも先に、この美しい人に触れた男たちに。

今までずっと彼女と距離を取ろうと突き放してきた自分に、そんな厚かましいことを考える資格なんてないとわかってはいるけど。

それでも名前も顔も知らないそいつらが妬《ねた》ましくて、羨ましくて、憎かった。

「ん、ちょっと、くるし……」

「あ、ごめん──」

力が入り過ぎたか、天道がうめきながら声をあげたので慌てて腕をほどき、名残を惜しむ気持ちをなんとか蹴とばして身を離した。

大きく息を吐いて、彼女は困ったような笑みを浮かべる。

「……抱きつぶされるかと思った」

「ごめん、つい力が入って……」

何の言い訳にもなってなかったけれど、だからって子供じみた内心を明かすことも恥ずかしかった。

「私ね、そんなに丈夫じゃないの。志野くんは意外と力が強いんだから、なおさらね」

「反省してる、ごめん」

「ん、それじゃあ、次はもっと優しくしてね」

両手を広げて微笑む天道は今日の空より眩しくて、僕はそれが何を意味しているか、何を求められたのか、とっさに理解ができない。

彼女は「もう」と小さく呟くと伸びをして、唇に軽く触れるだけのキスをしてきた。

それでようやく頭が働いた僕のハグを、時間切れとばかりにさっとかわして天道は背を向ける。

「それじゃそろそろ、プールに戻りましょう？　暑くなってきちゃった」

「え、あ、うん――」

弾けるように彼女は笑い、太陽は天の頂きにさしかかりつつある。

目もくらむような夏の日は、これから本番を迎えようとしていた。

§

「ねえ、伊織くんって、焼きそばが好きなの？」

ひと泳ぎのあとの大テントでの昼食中に、天道が婚約者となって以来の名前呼びをしたのにとっさにツッコめなかったのは、ちょうど口いっぱいに焼きそばを頬張っていたからだった。

「――ふぁんで？」

そして会話のキャッチボールを優先した結果、完全に訂正を求めるタイミングを逸して、そもそもがもう彼女に名前を呼ばれるのが嫌でなくなっていることも自覚してしまう。

「だって確か夏祭りの時も買ってたでしょ」

「今日もあのときも、別に深い理由はないけど……」

そもそも焼きそばが嫌いな人間もあんまり聞かないというか、こういうときにはつい食べてしまうメニューな気がする。

なんて真剣に考え込んでいると、四人がけの丸いテーブルで対面ではなくなぜか隣を選んだ天道は悪戯《いたずら》っぽい笑みを浮かべた。

「伊織くん」

「――なに？」

「それ一口、貰ってもいい？」

本題はこれ名前呼びでいけるのかどうかを確かめたんだろうな、とか、そこまで密着してくる必要ある？　とか思いつつ焼きそばのパックをすっと差し出す。

「食べさせてくれないの？」

「いや、麺類は難しいって」

じりじりと防衛線が後退させられていることを自覚しつつも、まだ全面降伏すべきかは決めかねていた。

真っ当な指摘をすると「そう」とさして粘ることもなく天道は控えめに一口をつまむ。

「ていうか、それだけで足りるの？　いつもはもうちょっと食べてないっけ」

焼きそばもそれほど多い量じゃないが、天道が頼んだのはそれに輪をかけて小さめの焼きおにぎり二個セットだ。

こちらも一口シェアさせてもらったので、昼食にはずいぶんと物足りなく思える。

申し訳程度には野菜も入っている焼きそばと違って炭水化物オンリーだし。

「食べすぎて動けなくなるよりいいでしょ」

「まぁ、そうかもしれないけど」

個人的には思っていたよりも空腹で、ちょっと焼きそばだけで足りるか不安になるくらいなんだけど。ずいぶん燃費がいいな。

「伊織くんこそ、あんまり食べるとお腹が目立つわよ」

「あぁ、だから食べな、ひょぅ」

わき腹を摘《つ》まれて、くすぐったさに変な声が出た。

何をするのかと抗議しようとして、おへそを隠してジト目になった天道の表情に口をつぐまされた。

「そうやって思ったことを全部口にするの、キミの良くない癖だと思うわ」

「覚えておく……」

そっちが言わなきゃ僕だって意識しなかったんだけど、と思いつつすっきりとした天道のお腹をチラ見していると、椅子から身を乗り出すようにして彼女は体を預けてきた。

「あーん」

そうして上機嫌な声とともに偏差値激高の顔に笑みを浮かべて、焼きそばを箸《はし》で僕の口元に運んでくる。

僕は出来るだけ平静を装って、それをすすり上げた。

「おいしい?」

「……」

もっきゅもっきゅと頬張りながら無言で頷《うなず》く。

焼きそばは、例によってちょっと油っぽくてソースの塩分過多でチープな、こういうところでのごちそう味だった。

とは言えそれは、別にこの婚約者殿が手柄顔で誇ることではないはずで。

「つかささん、唇テカってるよ」

「――――伊織くん、あーん、ほらあーん」

「ちょま、はやいはやい――――！」

ちょっとしたいたずら心と反抗心でそう言った僕の口に、のみ込む間もなく次から次へと焼きそばが押しつけられる。バカップルになるのはちょっと楽しかった。

§

昼食のあとには再び流れるプールへ。

現在麗しの婚約者殿はレンタルの浮き輪にそのお尻を突っ込んで、魅惑の長い脚を見せつけるように放り出したプールぷかぷかお嬢様と化していた。

僕の役目はその脇で人にぶつからないよう浮き輪を操る水先案内人だ。

予定では午後からはウォータースライダーのはずが、無情の二人用五十分待ちにすごすご引き上げてきた結果だった。

「ちょっと調べが甘かったかなあ」

「やっぱり、平日とは言え夏休みだものね……」

「まあ、もう少しすれば人も減ってくるだろうし、あとでまた行ってみればいいんじゃないかな」

この時間帯は暑さもだけど、おそらく人出もピークだ。

僕らみたいに午前中から来ている人間はまだまだ帰る時間じゃないし、昼過ぎからやってきた人たちもいるはずだ。

もう少し待てば遠方組や朝一で来ている人は引き上げるだろうし、帰りまでに一度滑るくらいはなんとかなるだろう。

まぁ入場直後に行っておけば、多分もっと待ち時間も短くてすんだんだろうけど。

「そうね、せっかく密着できる機会だものね」

「二人だとそれ用の浮き輪使って滑るみたいだよ」

「でも着水した後ならわからないじゃない？」

「先に言っとくけど、どさくさでパンツ引っ張るのはやめてね」

「しないから。人をなんだと思ってるの？」

「自分の過去の言動をちょっとは振り返ろうよ」

「もう」

口をとがらせながらも、なんかこう輪切りのフルーツが飾られたカクテルグラスを持たせたらさぞかし似合いそうな天道は本当に楽しげで、その分だけ口も滑らかだ。

そのおかげか僕もそろそろ詰められてしまった距離感にも慣れてきて、普段の調子を取り戻しつつある。多分。

からかわれっぱなしもシャクだし、水を差さない程度には反撃させてもらおう。

と思っていると天道の浮き輪が、流れにとどまって遊んでいる子たちへとぶつかりそうになったので、ぐいとひっぱって方向修正。

保護者らしき男性が会釈《えしゃく》するのにこちらも礼を返して流れる先をちらと確認した。

「ありがとね、伊織くん」

「ん」

そうしてもう完全に名前呼びでいくことにしたらしい天道が僕の頭を撫でる。

髪の間に指を差し込まれる感覚はやたらめったらエロティックだった。

しかし、この状況はもしかして流されるままの僕の人生のこれからを暗示している可能性が……？

「ま、つかささんはどうぞ好きなだけお尻冷やしながら日干しされててよ」

少し怖い想像になったので誤魔化すために話を変える。

「言い方」

「いやだってそれ、他は暑くない？」

白い肢体と白いビキニを浮き輪の上で見せつけるようにしている天道は、なんならお尻も水面からは浮いてそうで、投げ出した足やら手の先だけを、水にぱちゃぱちゃやっているのだ。

思いっきり日に晒された体は暑そうだし、この姿勢になってからさすがにプールサイドの男の目が露骨になっていて少々面白くない。

ただ同時にこんな美人がプールを流れてたらそりゃあ普通は見ちゃうよな、とちょっと変な安心もする。僕だけじゃないいんだなって。

「気になる？」

そう思っていると、ずずずという摩擦音のあとでぼちゃんと水が跳ねた。

浮き輪から滑り落ちた天道は、頭のてっぺんまでプールにつかったあとで飛び上がり、その勢いのまま僕に頭から浮き輪をかぶせてくる。

「えいっ」

もちろん肩でつっかえて、あとは憐《あわ》れなエリマキトカゲの出来上がりだ。

「なにしてくれてんの……というか髪は濡らしたくないいんじゃなかった？」

「どうせ午後にはスライダーに乗るつもりだったし、水に浸かって伊織くんの心配を解消してあげたの」

濡れた顔を手でぬぐいながら、天道はそう言って笑った。

今日はアップになっている緩く巻きの入った明るい髪が肌にはりつき、白い肌を水が滴《したた》り落ちる。

それを見ただけで、僕の心臓は大きく脈打つ。

午後の日差しにきらめく水面より眩しい彼女にふらふら近づこうとして、つい存在を忘れていた首の浮き輪で天道を突き飛ばしてしまった。

「わぷ」

「あ、ごめ、っ……ぷっ」

ぎりぎり腕で顔への直撃は防いだようだけど、聞いたことのない天道の悲鳴についつい噴き出してしまう。

「ちょっと、伊織くん……？」

「や、ごめ、わざとじゃないんだけど」

とりあえず次なる悲劇を避けるべく浮き輪を首から外すと、天道はぶつけたのだろうか、高い鼻を押さえながら恨みがましい視線を向けてきた。

「ん」

そうしてすっと白い手が何かを求めるように差し出される。

「いや、ごめんて」

「ん！」

「……はい」

圧に負けて、大人しく浮き輪を差し出す。

横向きにした浮き輪で顔ではなく頭を狙ってくれただけ、天道は優しかったように思う。

「――それじゃあ、とりあえず一周ね」

「本気でやんの……？」

そうして婚約者殿から言い渡された贖罪《しょくざい》は、彼女を背に負って流れるプールを一周することだった。

なんか天道はやたらと拘《こだわ》ってるけど、これどっちかっていうと水着の女子をおんぶする男が嬉しいだけじゃないかな……。

「なによ、水の中だしそんなに重くないでしょ？　まぁ元々私は軽いけど」

体重が気になるんなら背負わせなきゃいいのに、と言わないだけの分別は僕にだってあった。

天道はどう考えたって軽い部類だろうけど、それでも身長は百六十センチを超えているからそれなりにはあるはずで――。

「えーと、つかささんくらいの身長だとだいたい五十――」

「ぶつわよ」

「アッハイ」

ぶっちぎりで今までで一番怖い声が聞こえた。

やっぱりと言うか当然と言うか体重の推測はライン超えだったらしい。

僕に分別なんて、やっぱりなかった……？

なんで不必要な冒険してしまったんだろうな。

「伊織くん、すこし腰を落として」

「ハイ」

唯々諾々《いいだくだく》と従う僕に、「えい」と気合を入れてから天道がのしかかる。

——あっ、これ駄目な奴だ。

一瞬で理性が警鐘を鳴らす。それを言葉にできないうちに彼女は位置を調整しているのか、ぐいぐいと身を押し付けてきて、当然おっぱいがぐにぐにと背でつぶれた。

彼我を遮《さえぎ》っているのは厚くて薄いビキニとその上のキャミの二枚だけだ。

「もう、落ちちゃうから、ちゃんと脚を持って」

「ハイ」

馬にまたがるように僕の体を挟みこんでいた腿《もも》の裏に手を入れて持ち上げる。

荷物を背負いなおす要領で天道の身を揺らすと、彼女は首に腕を絡めてぴたりと密着して位置を定めた。やはり予想通り幸せとの接地面積はすごかった。

正面から抱き合った時もあれだったけど、背がじんわりあったかくなるこの感覚もやばいな……。

「それじゃあ、行きましょう」

「うひょうっ」

耳のすぐそばでささやかれて、思わず背がびくんとなった。

ついでにサーフパンツの下のインナーのその下のガッチガチに固定されているなにかもびくんとなった。

「伊織くん？」

「へ、へーキへーキ、イクヨー」

もうこれは体を動かしていないとどうにかなるな、という確信から即座に一歩を踏み出す。流れに乗る方向なので抵抗はさして感じないし、実際天道もたいして重いというわけじゃない。

僕の顔色と精神的余裕以外はなにも問題なしだ。

やけくそ気味にざぶざぶ進む僕に、きゃあきゃあとはしゃいだ声をあげていた天道がぐいと体をさらにもちあげて、右の掌《てのひら》を僕の胸の中心に押し当てた。

「……伊織くん、ドキドキしてる」

「そりゃあ、こういうの慣れてないし」

実際には慣れてないどころじゃない。

思春期以降は家族以外の女性と触れ合うことなんてほぼなかったし、今と同じようにせがまれて妹を背負ったのだって僕が中学生のときが最後だ。

その時は当然ちゃんと服も着ていたしな。

「私も、って言ったら信じてくれる？」

（おっぱいでよくわかん）ないです、というのが正直なところで、九十数人の性体験がある天道のことだから「慣れてない」ではなくて「ドキドキしてる」に絡んだ発言なのだろうけど、正直今は難しいこと言われても困る。

「こうやって、普通のデートみたいなこともずっとずっとしてみたかったの」

「それは――うん。良かったね？　で良いの？」

「ええ」

会話に意識を割きながら、僕の脚は勝手にざぶざぶと人を避けて流れるプールを歩き続ける。というかそうでもしてなければいよいよどうしていいかわからない。

「だから――――」

天道の華奢《きゃしゃ》なつくりの手は僕の胸にあてられたままで、心臓は運動だけではない理由で早鐘《はやがね》を打ち続けている。

もしかして彼女は僕がぶっ倒れるんじゃないかと心配で触診してるんだろうか。

「だから？」

「――ありがとう、って言っておこうと思って」

それは果たして本当に天道が言いたいことだったのかは疑わしかった。

楽しかったと言っていたネカフェでの不意打ちデート以来、なんだかんだと僕らは二人で出かけることをそれなりの数重ねてきたんだし。

だけど恋人もいたことのない童貞の僕が考えたところで、伏せられた真意がわかるはずもない。

「それはどっちかっていうと、僕が言うべきじゃないかな。つかささんみたいな美人とお祭り行って、プール来てさ。休み明けにきっと自慢できるよ」

もっとも学内でそれをうらやむ奴がそういないのは互いにわかっているけども。

「――そう」

ぽつりと返ってきた天道の声は、小さくて弱々しかった。

夏のプールの喧騒《けんそう》にかき消されないよう、その一言一句を聞き逃すまいと僕は耳を澄ませる。こんな動揺を誘う状況で、彼女が大事な話をしようとしているのだけはわかっていたから。

「じゃあやっぱり、婚約して良かったって思えたでしょ？」

常通りの自負ではない、わずかな不安が滲《にじ》んだ声。

「うん」

それに率直に簡潔に答えると、背の天道は小さく噴き出した。

「――そうなるかも、って言ったときは鼻で笑ったくせに」

「ハハッ、覚えてない」

「もう、それやめてよね」

憎たらしい、と天道は僕の首筋に軽く歯を立ててきた。

声にもいつもの調子が少し戻っている。

「いたいいたい」

悲鳴を上げる僕の横を、中学生ぐらいの子が、ものっそい顔をしながら通り過ぎていく。

さぞはた迷惑なバカップルになっているんだろうな、と思いつつも今日のところだけは勘弁してもらおうと思った。

だいたい夏って、そんなもんだろうし。

「──ね、伊織くん、もう少しゆっくり歩いて、ね」

「わかった」

さして長くもないはずのプールを、僕は時間をかけて一周した。

もっとずっと、これからも彼女に触れていたいと、そう思いながら。

§

身体的だけでなく精神的にもアップダウンがあったからか、帰りの船の時間にあわせてプールを出たころには僕らはもうくたくただった。

園の入り口で渡船場へ向かうシャトルバスを待つ間、天道はくてんと力を抜いて僕の肩に寄り掛かってきた。

日に当たり続けていたせいか、白い肌は少し赤くなっている。

「つかささん、眠かったら寝ちゃっていいよ、バスが来たら起こすから」

「……うん」

僕こそあくびしながらだったけども、彼女の返事もどこかぼうっとしていた。

西に沈みゆく太陽は断末魔の光で空を赤く染め、そこかしこからそれを嘆くように虫たちの声が響く。

楽しげに笑うカップルたち、遊び疲れて眠る子供を背負った家族連れ、帰路に就く人々の影が長くのびる夏の夕暮れの中で、僕らはしばし黙り込んでいた。

「――あのね、伊織くん」

つないだ手に、じわりと力をこめながら天道が沈黙を破る。

「ここの近くのホテルって、ナイトプールもやっているみたいなの」

「あ、そうなんだ」

渡船場から見えてた、いかにもって感じのリゾートホテルか。

オーシャンビューだしそりゃナイトプールくらいやっていてもおかしくないよな。

でも時期が時期だし、きっとさぞ賑わってるんだろうなあ。

「それでね、更衣室で調べてみたんだけど、今日はまだ部屋に空きがあるみたいで――」

呑気《のんき》に考えていた僕は、続いた言葉と彼女の表情に言葉を失った。

「実はね、もう一つ水着持ってきてるの。だから、せっかくだし今日は泊りで――どう？」

そう言った天道つかさは今までに見たことのない、いや多分あえて見せてこなかった蠱惑的《こわくてき》な表情をしていた。

今日一日で自覚した彼女への思いと、それにともなう当然の性への期待。

彼女に触れるのが許されるなら、そのうちに最後まで、と確かに僕もそう考えた。

けれどそこまでの道筋が今こうして具体的に示された途端に、背中にツララでも差し込まれたみたいに目が覚めた。

キスはすませた、抱き合いもした、デートなんて多分二桁に届いてる、だからきっと天道にとって次はそろそろセックスで、それが当たり前なのだろう。

けれどそれこそが、何よりも僕たちの間に横たわるものを表している。

僕が彼女の柔らかな感触に浮かれて今後を夢想していたころ、天道はホテルの予約状況を調べていた。僕にとってのいつかは、彼女にとっては今夜だった。

これは彼女が特別に気が早いというわけではないだろう。

僕たちは社会的にはほとんど大人と扱われる年で、なにより婚約者という関係だ。

デートをして、二人でホテルに泊って、セックスする。

そこに、何の障害も問題もない。

だけど現実として突きつけられたそれに、僕はすっかり怖気《おじけ》づいてしまった。

あらためて九十余人との経験とは、そういうものなのかと気づかされて。

これは別に罠でも婚約をまとめるための作戦でもなくて、天道は単に今日という日を彼女にとってもっと特別なものにしたくて、その仕上げに僕とのセックスを求めたんだろう。

「ね、伊織くん――」

内心の不安を示すように天道の指に力がこもる。

そこまでわかっていても、怖かった。

彼女にとって、そんな「当たり前に」さしはさまれる行為を、果たして自分がちゃんとこなせるのかということが。

それができなくて天道を失望させるんじゃないかということが。

今までの彼女の振る舞いを思いだせば深刻に考える必要なんてきっとないはずだった。

それでも失敗を恐れる心は止められなくて、僕は結局問題を先送りすることを選んだ。

「――や、でも、僕なんにも用意してきてないし、そんな一日で全部消化しちゃっても勿《もっ》体《たい》なくない？　休みはまだまだあるんだからさ」

嘘は苦手だった。この数か月の付き合いで天道も多分それを知っている。だから声に出ないよう顔に出ないよう、最大限に努力をした。

「――うん、そうね」

「だからさ、また今度一緒に来ようよ」

明るく、能天気に。ただ単に絶好の機会を逃す鈍い男なのだと思われることを願って。

「わかった、じゃあまた次の機会に、ね」

「うん、次の楽しみにしておこう？」

「ええ」

それでもやっぱり天道の笑みは少し寂しそうで、帰り道の僕らは今日のそれまでがまるで夢だったみたいに、ほとんど会話もないままに別れた。

――翌日、天道家から婚約解消の打診があったと実家の父から電話が来た。

話を聞こうとすぐに彼女へ送ったメッセージに、いつまでたっても既読はつかなかった。

第十話　天道つかさは婚約者だった

天道《てんどう》家はいわゆる地主の家系で、元々は江戸時代に興《おこ》った博多《はかた》の商家で、明治維新の頃に上手いことやって商いを広げ、戦後の混乱もいい感じに乗り切って、今日《こんにち》では市内の中心部にいくつかビルも持つくらいのお金持ちになったらしい。

ちなみに僕が武家屋敷みたいな、と思った立派なお屋敷は単に古くて立派で伝統があるだけで侍とは関係ないそうだ。

まぁ細かいことはどうあれ根っからの庶民に生まれついた志野伊織《しのいおり》にとって、そんな天道家の人々は本来縁遠い世界の住人であるはずだった。

祖父世代の縁によって天道つかさという女の子と婚約するまでは。

プールデートの翌日に父経由で聞かされた婚約解消の打診は、おそらく彼女の意思によるものではないだろう。

確かにちょっと夜のお誘いを断って傷つけたのではという疑念はあるが、それで天道が婚約解消を言い出すほどとは思えないし、何よりもおばあさんが許さないはずだ。

であれば原因はまず天道の行状が家族に知れたことによるもので、彼女と連絡が取れないのは、死んではいないにせよスマホを取り上げられて座敷牢にでもぶち込まれているのではなかろうか。あるのかな、座敷牢。

僕は、たしかにまず天道の性経験を受け入れられなくて婚約破棄を考え、断りを入れるまでの猶予《ゆうよ》の間にばっちり流されて、そのくせいざお泊りという段になって今度はおじけづいたヘタレである。

だからといって「彼女が欲しい？　結構それなら孫を嫁にどうぞ。きっとお気に召しますよ」「あ、行状不良だったのでやっぱりなしで」みたいに人生を好き勝手にされて黙ってはいられない。

――そもそも僕は婚約の当事者なのだから、これは正当な権利だ。

そう自分に言い聞かせて（事実としてもその通りだけど）直談判《じかだんぱん》のために天道家へ乗り込んだ僕は、相変わらず呆れるほど立派なその屋敷に「はえ～」となりつつも庭に面した廊下を歩いていた。

本格的な日本庭園が造られた外とはガラス戸で仕切られており、眩《まぶ》しい日が差し込む床は熱くなっているが空調は効いている。

「こちらでございます。大奥様、志野様をご案内いたしました」

と先導してくれたお手伝いさんらしい中年女性が、ある部屋の前で立ち止まり膝をつく。

雪見障子の向こうから、「どうぞ、お入りください」と落ち着いた返事があった。

年長の人に戸を開けてもらうという、一般家庭ではあんまりできない体験をしつつ部屋へと足を踏み入れて作法がわからないなりに一礼した。

「失礼します」

十二畳くらいの和室の中央には黒光りする重厚な木の座卓がどんと備えてあり、色は地味でもいかにも高そうな着物を着た白髪の女性が待っていた。

「伊織さん、この度はわざわざご足労《そくろう》いただいて申し訳ございません」

白髪の女性――天道つかさの祖母である天道ちとせさんは優雅な所作《しょさ》で僕の方へ向き直り、深々と頭を下げる。

礼節通りの、しかしそれだけに若造な僕にとっては強烈な先制攻撃だった。

「あ、いえ、その、急に押しかけてしまって、こちらこそすみません」

「いえ、本来はこちらからご説明に伺うべき話ですから、失礼をお詫びいたします」

「い、いえいえ、そんな、とんでもない……」

あれこれ言わねばと勢い込んではいたけども、しょせん一介の学生に過ぎない僕にお金持ちの年長者の相手は荷が重い。しかも丁寧に出てこられればなおさらだ。

恐縮しながら勧められるままに席につき、高そうな湯呑《ゆのみ》に震える手をのばして緊張で味のしないお茶に口をつけたころにはもう完全にペースを握られていた。

「――まずはっきりお伝えしておきますと、今回誠に勝手ながら婚約の解消をお願いしましたのは、すべて孫の素行が原因でございます。伊織さんに非はまったくございません」

「あ、はい」

「伊織さんもすでにご存じでしょうが、あのようにふしだらな娘を天道家の者として他人《ひと》様《さま》のところへ嫁に出すわけにには参りません」

「ええ、はい」

「しかも我が身可愛《かわい》さに伊織さんに泣きついて、自分の過去の所業を曖昧《あいまい》にしたまま婚約話を進めようなどと恥知らずにもほどがあります」

「あー、まぁ、そうですね」

「あまつささえ今となっては好き合っているから問題ないなどと開き直る始末で、本当に情けない限りで。わたくしも祖母として至らなかったと反省しております」

「はぁ、それはまぁなんとも……」

それを言ったらおしまいってやつだと思うけど、天道って確かにそういうところあるよな……。絶対問い詰められてそのままのこと言ったんだろうな。

「そういうわけでございますから、ご迷惑をおかけしますが、なにとぞつかさとの話は無かったことにしていただけませんでしょうか。もちろん伊織さんがこの件でこれ以上の不利益を受けぬよう、可能な限りの配慮をさせていただきます」

「ええと……」

あれ、もうこれ話終わるのでは？

全体的にわかりみが深い正論すぎて、どこにも口を挟む隙が無かったぞ。

なるほどロジハラだと僕に訴える天道はこんな気分だったのか……。

天道のおかげで今更に彼女の気持ちが理解できるってのも皮肉な話だな。

「あのー、おっしゃっていることは、もっともだと思うんですけども……」

「もちろん、これだけではご納得いただけないでしょう。本人からも直接謝罪をさせますが、なにぶんまだ反省の色が見られないもので……重ねて恥をさらすようではありますけれど、もう少しお時間をいただきたく思うのです」

「いえ、あの謝罪は結構です。ただその、つかささんにも、こうなるまでにですね、彼女なりの葛藤《かっとう》というものがあったと思うんですけど……」

「お優しい言葉をありがとうございます。確かに、家が主体の婚約は時代にそぐわぬものではありましょう、つかさが内心不満を抱えていたのもわかります。しかし表では従う顔をしておきながら裏で放蕩三昧《ほうとうざんまい》など、関わるもの全てへの裏切りです。ここで厳しく言っておかねば、孫のためにもなりません」

「アッハイ、ソウデスネ」

詰んだ。

そりゃあ確かに保護者が勝手に婚約決めるのもどうかという話だけど、だったら裏で何しても良いのかって言えば、それはまた別の話ってなるのももっともだ。

もうここから話をひっくり返すのは絶対に無理だな、と認めてしまえば、ここ数か月の天道との思い出が走馬灯のようによみがえってくる。

ふり返れば思い出の彼女はよく笑っていた。そこに絆《ほだ》された面は大きいのだけど、今この状況では何わろてるねん、ともちょっと思ってしまう。

「――わかりました、つかささんとの婚約は白紙に戻すということで結構です」

「誠に申し訳ございませんが、そうしていただけますか」

「はい。両親も祖父も、僕が話を聞いて納得できるのなら、と言っていましたし――まあ、そもそも、事の起こりからして僕と父の間でも行き違いがあったもので」

元々が僕の非モテと父の強引さが原因で、事故みたいに決まった婚約だ。それが取り消しになったからって惜しむような話じゃあない。

そもそも僕はそんな成算の立たない延命策のために今日ここに来たわけではないのだ。

本当にすべきこと、片付けなくてはいけない問題は他にある。

「ただ、ですね。今回こういったことになりましたし、うちの祖父との過去を理由に、ご家族を縛るのはもうおやめになってはいかがでしょう」

言った。言ってしまった。さぁもう後戻りはできないぞ、帰りたい。

もう対面に座っているのがちょっと辛いくらいに空気が重くなったのを感じる。

それでもやっぱり僕と、そしてなにより天道つかさの人生を振り回してくれたこの一件に目をつぶったままでは引き下がれなかった。

「――まだお若い伊織さんには、中々ご理解いただけないことかもしれませんが、貴方のおじいさまから受けたご恩はそれはそれは大きなものなのです。ことは天道家の名誉にかかわります。つかさがご迷惑をおかけしたのは事実として、簡単に『はいわかりました』とは申し上げられません」

ぴしゃり、とちとせさんはそれほど厳しい風でもないのに、圧を感じる声で言い切った。

なるほど天道が祖母をあんなにも恐れていた理由はこういうことかと、理屈ではなく感情で理解できる。

そしてあらためて観察してみれば、彼女の顔立ちは孫である天道つかさと似たところが多かった。

とくにちょっとツリ気味な目と、そこに宿った不敵にさえ感じられる強い意志の光が。

体は小柄で痩せているけれども姿勢は良くて、髪が白くなり顔にもしわが刻まれたお年になっても、なお美しさを感じさせる人だった。

若い頃もさぞかし美人だったんだろう。そりゃあ祖父も求婚するよな。

「――そのために自暴自棄になったお孫さんが道を踏み外す不幸があっても、ですか？」

「つかさのことはあくまで自身の資質による問題と思っております。あれを不幸とは言えないでしょう」

「でも、彼女を追いこんだのが、婚約者の存在なのは事実じゃないですか」

「同じ立場だったりょうは真っ当に生きています。そも伊織さんご自身も過去につかさに短慮だと諭されたと聞き及んでいますが」

ハイ、正直言えば今もそう思っています。

むしろ話を聞けば聞くほどその考えが補強されていくんだよな。なんで僕は天道の擁護《ようご》なんて世にも不毛なことをしているんだろう。いや、まだだ。

「他にやりようがあっただろうとは、僕も思います。でもつかささんはおばあさんを怒らせたら自分は死ぬかもしれない、とそう怯《おび》えていました。まぁそれはいくらなんでも大げさでしょうが、それくらいの圧力を感じていたのは事実です。そこまで追い込まれた人間に果たしてまともな判断が出来るでしょうか」

「……それは、確かにわたくしにも問題があったかもしれません。つかさはどうにも昔から自分の容姿を理由にしてワガママを言う悪い癖がありまして、その度に厳しく言い聞かせていたものですから」

それは怒られて当然では？　なんだってこう天道は人を背後から撃ってくれるのか。

婚約継続も無理なら、情に訴えつつ話をまとめるのも失敗。

想像と覚悟はしてはいたけども、自分の無力さをひしひしと感じる流れだ。もしこれが天道を取り戻すための戦いだったら今ごろ絶望してたな。

「ではその、なぜ婚約者の詳細について伝えなかったんですか？　僕にせよ、お断りした兄にせよ、彼女が悲観していた相手像とはかけ離れています。知っていればもう少し、その、違っていたんじゃないかと」

僕の場合は非モテにならないように、という父の考えがあったわけだけど、天道家側から見れば婚約者の情報を伏せておく理由はあんまりないように思える。

「――そうですね、思い込みの激しいつかさには伝えておくべきだったかもしれません」

まぁ仮に天道が僕ら兄弟が婚約者候補と知っていたら、兄と比べられて「こっちの方か」みたいな顔されて僕が致命的な傷を負っていた可能性もあるけど。

ちょっと想像するだけで泣きそうに辛くても、それだって天道家サイドからすればデメリットではないはずだ。

「けれどわたくしの娘、つかさの母は幼少から交流のあった伊織さんのお父様には選ばれませんでした。もちろんそれを恨んでなどはおりませんが、すっかり嫁《とつ》ぐつもりでいたあの子が当時はひどく落ち込んだのも事実です。それを反省して伊織さんたちが婚約を望まれるまでは、孫たちに詳しい話はしないと決めたのです」

「あ、え、そうなんですか？」

「ええ。もちろん娘にもあくまで先方が望まれたら、と言い聞かせてはいたのですが、それでも幼少から想っていた方に選ばれないとなれば、痛む心はありますから」

「それは……なんというか、お察しします」

非モテの僕にはいらない心配だったわけだけど、兄は実際に自分で恋人をつくってるわけだから方針としては間違ってないだろう。

でも言わば幼馴染《おさななじ》みの許婚《いいなずけ》を振ったことをなんで黙っていたんだ父！

今までは僕が非モテなせいで天道に迷惑かけたのかと思っていたけど、これそもそも親世代のところで話がややこしくなってるんじゃないか。

そりゃあ母娘そろってソデにされたとなると、お母さんのトラウマをほじくり返すことにもなるし、女性としてのプライドは普通に傷つくだろうし、天道家としては考えた末の判断だってわかる。

でも父にはせめてそこのところまで説明して欲しかったなあ！

さっきから背中を撃ってくる人間が多すぎる。僕に味方はいないのか……。

「――で、ですけど、やはりそれこそこの話の問題を表していませんか？　つかささんも、お母さんも、婚約話に人生を振り回されて余計な苦労を背負ったわけじゃないですか」

「いいえ、それは違います。余計ではなくそれは当然のことなのです、伊織さん。貴方のおじいさまに助けられていなければ、今のわたくしもなければ家もない。天道の家に生まれ、その恩恵にあずかるのならば、ご恩を返すことは当然に果たすべき義務なのですよ」

静かな、けれど断固とした宣言だった。

ちとせさんも別に血も涙もない子孫婚約マシーンというわけではないのだろう。

ただ、かつて約束を果たせなかったことが、いまだに果たされていないことが、この人を頑《かたく》なにさせている。

そういう意味では彼女もまた、自分の意思で相手を選べなかった悲劇の犠牲者なのかもしれない。

まったく、僕には荷が重すぎる込み入った話だ。

「――わかりました、僕も約束を守れないままなのはいやだっていうのは理解できます」

「ご納得いただけたなら、なによりでございます」

とは言えはじめから自分より年長の人を言葉だけでどうこうできるなんて思ってはいなかった。僕はそんなに自分の知性を過信してはいない。

必要だったのは状況と経緯の把握と、なによりも言質《げんち》だ。

天道の家に生まれたものとして果たすべき義務。

それは、そう言ったちとせさん自身も当然、例外ではないだろう。

「――なので今回、僕なりに根本的な解決策を考えてきました。志野の男に天道さんの家から誰かを嫁がせるなら、五年前に妻に先立たれて今は独《ひと》り身の者がおりまして。正蔵《しょうぞう》って言うんですが」

言いながら話の間にこっそりと通話状態にしておいたスマホを「どうぞ」と卓の上にさしだした。

「――――」

言葉もない様子のちとせさんは、まるで初めて見た物のようにスマホと僕の顔とに交互に視線を送る。

孫の話に首は突っ込まないと、祖父は僕と天道の顔合わせには参加していなかった。ちょっと不思議だったんだけど、このちとせさんの反応が多分理由だったんだろうな。

「ご存じかと思いますが、僕の祖父です。どうぞお二人で、話をつけてください」

再度促すとようやく震える手がスマホに伸びた。

天道のおじいさんはちとせさんよりも大分年上だったそうで、天道が小学生になる前に亡くなったと聞いている。十年以上もたてば喪に服した期間としては十分だろう。

ならばこれは僕と次女のりょうさんで話を仕切りなおしたり、ひ孫世代に更に話を引き延ばしたりするよりも、ちとせさんにとって確実で即座の恩返しになる。

断ることは難しいだろうし、少なくとも話を聞く気にはなるはずだ。

「もしもし――」

それは静かな声だった。

「ええ、ええ、ご無沙汰《ぶさた》しております……」

同時に計り知れないくらいの大きな感情がこもった声だった。

正直、横で話を聞いているのが申し訳なくなるくらいの。

なので僕は二人が話している間に、放っておいたお茶うけをいただくことにした。

「……御冗談は止《よ》してください、私はもうすっかりおばあさんですよ」

あ、このようかんおいしいな、お茶も香り高いし、さすがお金持ちの家だ（逃避）。

いやほんとちょっと聞いてられないくらい気まずいし、なにより祖父もすごい、なんか反応を見るにようかんより甘いこと言ってそう。

父といい兄といい、そしてこの祖父と、僕以外はなんで女性に免疫があるんだ……。

「はい────では近いうちに、ええ、ええ……はい、また」

長かったような短かったような通話を終えて、ちとせさんは静かに息を吐く。

あれこれと理屈をこねることはできても、若造に過ぎない今の僕には、真の理解も共感もできないだろう年月を積み重ねた思いが、そこには詰まっているように感じられた。

「──はじめから、これが狙いでいらしたの？　伊織さん」

いくぶんか柔らかくなった、先ほどまでとは違った人間味を感じる声。

呆れたような感心したような苦笑いは、僕もよく知る女の子を思い出させた。

受け取ったスマホから漂う上品な残り香《が》に気づいて、なんとなく天道と祖父の二人に罪悪感を覚えてしまうほどに。

「ええ、まあ。元々が祖父から始まった話なら、二人の間で片付けてもらうのが本道じゃあないかと思っただけですが」

「自分のおじいさまを引っ張り出してくるなんて、若い方はすごいことを思いつくのね」

「こちらも必死だったので、まぁ、これくらいは」

正直なところ、孫がいる人たちが互いのことをどう思っているのかなんて僕には想像もつかない。

ただ、それが実際には友達みたいな付き合いで終わるとしても、本来は関係のない僕らをくっつけようとするよりはよほど健全だろう。そう思っただけの話だ。

まぁこうして「その発想はなかった」みたいな顔されるとドヤ顔したくはなるけども。

「――それで、わたくしに恩返しの方法を提案してくださったのは、ただの親切というわけでもないのでしょう？　伊織さんはなにをお望みなのかしら？」

多分僕のそういう内心はモロに顔に出ていたと思うんだけども、そこは大人の余裕というやつで幸いにも特にツッコまれなかった。

無事に話がまとまったことにホッとする。

これでようやく今度こそ、一番言いたかった話を切り出すことができる。

「――つかささんの今までのこと、あんまり叱らないでやってもらえませんか？」

「まあ――」

家の都合で振り回された、美人でお金持ちでスタイルが良くてそれを思いっきり鼻にかけた悪名高い、でも可愛いところも数えきれないくらいにある僕の元婚約者。

こんな事でもなければ縁はなかっただろうけど、こんな事があったばかりに三桁近い男と寝たとんでもない女の子。

正直言えば馬鹿じゃないのとは今でも思うし、当人がどれくらい後悔してるんだかしてないんだかもよくわからないけれども、それを家族から責められるのは、辛いだろう。

「それと、できれば今後も彼女の自由を尊重してあげてください」

お泊りの誘いをソデにして、婚約の破棄も止められなかった情けない身だけども、好きになった女の子のために、せめてこれくらいのことはしたかったのだ。

「承知いたしました、お約束しましょう。伊織さんは、本当に孫のことを考えてくださっているのね――つかさに、会っていかれますか？」

「いえ、座敷牢には興味ありますけど、今日のところはこれでお暇《いとま》します」

「そうですか……座敷牢？」

首を傾《かし》げられてしまったので残念ながら座敷牢は無かったらしい。

まあ、でももう婚約者ではなくなったのだし、この状況で若いお二人でごゆっくりと言われてもどうしていいかわかんないし、正直プールの日のことをツッコまれても困る。

まぁ用事があるなら天道から連絡してくれるだろう。

夏休みが終われば、大学で顔をあわせることもあるし。話ならいつだってできる。

「ようかん、ごちそうさまでした。お茶もおいしかったです」

「いえ、お構いもできませんで――本当に、つかさに会っていかれなくてよろしいの？」

「はい、大学で会えますし。今日は急に押しかけてすみませんでした」

「そうですか、またいつでもいらしてくださいね」

「はい」

とは言ったものの、多分その機会はないんじゃないかと思う。

ちとせさんはまだ少しなにか言いたそうにしていたけども、僕は割とすっきりした気持ちでもう一度ようかんのお礼を言って部屋を後にした。

お手伝いさんに案内されて来た廊下を戻ると、玄関では天道のお母さんが恐縮した様子で待っていた。

一仕事を終えた達成感と疲労感で、二言三言かわしたはずの言葉はよく覚えていない。

古い木と土の懐かしいような匂いがする天道家の玄関を出ると、途端に猛烈な日差しと騒がしいセミの声が僕を迎えた。

目を細めながら見上げたまばゆいまでの青い空には、白い入道雲が沸き立っている。

天道つかさが僕の婚約者でなくなったその日も、実に夏らしく暑い日だった。

第十一話　僕のことが大大大好きらしい経験人数ほぼ百人の彼女

天道《てんどう》家に乗り込んで長きにわたった両家因縁の婚約話に決着をつけてから二日、僕こと志野伊織《しのいおり》十九歳の夏の事件はまだ終わっていなかった。

天道からはその後連絡もないまま、なんとなく日々を無為《むい》に過ごすぜいたくを楽しむ僕の部屋のインターホンが鳴らされたのは午前の早い時間のことだった。

「——うぇ？」

ドアスコープ越しに見えた来訪者は、旅行用のキャリーバッグを脇に置いた、怒り顔の天道つかさその人だ。

どうしよう、と悩んでいると、ピンポンピンポンポンとちょっとお嬢様としてどうなのかという容赦のない連打が始まる。これで僕が不在だったらどうする気なのか。

「はいはい」

「伊織くん！」

そうして覚悟を決めてドアを開けた僕を待っていたのは、いきなりの、そして強烈な平手打ちだった。

バチンという鈍い音とともに、衝撃が骨まで響いた。

「ええ……？」

ひどくない？

「どゆ、どういう、どういう！　つもりよ！」

首が吹っ飛んだんじゃないかという痛みで頬を押さえながら茫然自失のこちらに構わず、二度も噛んで照れ隠しで余分に怒りをチャージしたっぽい天道が僕を睨《にら》む。

もう完全にマジギレで般若《はんにゃ》もかくやっていうド迫力だったけども、それでもやっぱり彼女は今日も眩《まぶ》しいくらいに美人だった。

「おばあさまには頭を下げられた上に、これからは好きになさいって言われて、家族はみんなキミと復縁すると思っているのにこの二日間一切連絡もくれないで！　家族はどんどん可哀想《かわいそう》なものを見る目になるし、今朝なんて伊織くんのおじいさまとデートに出かけるおばあさまに申し訳なさそうに謝られたんだから！」

「それ、一部は僕のせいじゃなくない？」

ものすごく憐《あわ》れな話だとは思うけど。

いやよくそんな針の筵《むしろ》に耐えられるな、メンタル強すぎでは？

そして祖父も祖父で行動が早すぎる、マジかあの人。

「伊織くん以外の、誰のせいだっていうの！」

「ごめんわかった全面的に僕のせいでもいいからちょっと声落としてよ」

そうして迂闊《うかつ》なことを口にしたせいで、天道の怒りは更にボルテージをあげる。

玄関先でこんな喧嘩《けんか》をしていたらほかの住人から苦情、通報待ったなしだ。

「世間体《せけんてい》と私と、どっちが大事なのよ！」

「だいぶ面倒くさいこと言い出したぞ……」

そりゃ放蕩《ほうとう》が家族バレして失うものが割ともう残ってない無敵の天道からしたら、大したことじゃないように思えるのかもしれないけどさあ。

大事だと思うよ、世間体って。

「と、とりあえず中入って、ほら」

仕方ないので腕を引っ張って部屋の中へ入ってもらう。微妙に抵抗されたのでこれはこれで通報案件だな？　誰にも見られてないことを祈ろう。

しかし床に下ろした時にかなり重そうな音を立てたキャリーバッグには、いったい何が入っているんだろうか。凶器とか拷問器具じゃないといいんだけど。

そうしてなんとかかんとかなだめすかしたり麦茶を出したりして、彼女には椅子に座ってもらい僕はベッドに腰かけて向かい合う。

今日の天道は白いサマーニットにスキニージーンズのややラフで爽やかな感じで、いつもより強めに巻かれた髪をサイドで一つにまとめていた。

つくづくどんな格好でも似合うなあ、と感心していると、半分くらいになった麦茶のグラスをテーブルに戻して天道は口を開く。

「――伊織くん、どうして私が怒っているかわかる？」

意地の悪いモラハラ上司か、面倒くさい彼女みたいなこと言いはじめたぞ。

これ変に謝ったり、適当な理由をあげたりすると一層攻撃されるってネットに書いてた。

僕は詳しいんだ。

「わかんない」

なので素直に告げると、普段は白い天道の顔に赤みが差した。

「伊織くんが連絡をくれなかったからに決まってるでしょ！」

「アッハイ。スミマセン」

意外とシンプルで納得いく答えが来て逆に戸惑う。

そうか、普通に僕が悪かったのか……。

「や、でもあのプールの次の日にメッセージ送ったんだけど、既読がつかなくって、その後も返信もないし、スマホはどうしたの？」

「――お風呂でお湯に落として壊したの」

「ええ……それ連絡つけられないじゃん。怒るのは理不尽じゃない？」

「ロジハラはやめて」

「ハラスメントどころか僕なんて顔を平手打ちされたDV被害者なんだけど」

「なによ、ちょっとくらいいいでしょ、前に叩かれてみたいって言ってたじゃない」

「言ってない、それは一言たりとも言ってないぞ」

捏造《ねつぞう》はやめて欲しい、ただそういうのが似合いそうって言っただけだ。

「あと私と伊織くんはドメスティックな関係じゃありませんから」

「それはそう」

でもなんだろう、改めてそう言われるとちょっと心の内臓にダメージが入ったな……。

「それに本気で私に連絡をとりたいなら家に電話すればいいだけだし、そもそも家に話し合いに来たときにおばあさまに会っていくかって聞かれたでしょ」

「う……」

それも確かにそうだった。

勢いを失った僕に、しかし天道は嵩《かさ》に懸かるでもなく静かに聞いてきた。

「──ねえ、なんであの日、そのまま帰っちゃったの？」

「いや、なんて話をしたものか、考えがまとまってなかったから……ごめん」

「そう、じゃあ今は？　まとまった？　話はできそう？」

「や、ごめん、まだ……」

「そう」

それきりプールからの帰りみたいに僕たちの間に沈黙が降りる。

あの日と違うのは、このまま黙っていてもバスがやってきて状況を変えたりはしてくれないということだ。

なにか、なにかを言わなくては、と考えているうちに天道が再び口を開く。

「——それってやっぱり、私の過去のせい、よね？」

「……まあ、そうなるのかな」

天道のためにと思って、彼女の家に乗り込んでおばあさんと話をするのは覚悟できた。

今日また元気な顔が見られて、素直に嬉しいのも事実だ。

僕の部屋に彼女がいるなんて、能天気にもちょっと舞い上がっている気持ちもある。

じゃあ例えば今からあのときのやり直しを出来るかと言えば、やはり決心はつかない。

あれからずっと胸につかえたままのものを吐き出すことも、また。

だから、そんな辛気臭く悩む僕に天道つかさが先んじるのは当然の展開だった。

「——そんなに、そんなに気になるなら、伊織くんが私の性経験の千分の九百くらいを占めちゃえばいいじゃない！　どうしてそれができないのよ！」

「ええ……」

なにその乱暴な解決法。

力業《ちからわざ》にもほどがあるんだけど。

「数字の問題じゃない、なくない？」

「数字の問題よ！　だって私が一人や二人としただけだったらこんなに悩んだの!?」

「そう言われると確かにそうなんだけどさ……」

「いいじゃない、夏休みのあいだ一日三回もしてくれれば、すぐにほかの男なんて忘れるわよ！」

「腎虚《じんきょ》になって死にそう」あともう少し言葉にオブラートが欲しい。

「それとも何、キミも九十八人とするまで私に待てって言うの？」

しれっとカミングアウトしてくれたけど想像以上に大台目前だったな……！

「いや、それを試したら僕は多分途中で誰かとゴールインすると思う」

下手したらセックスした一人目を好きになって挑戦終了だぞ。

「だったら！　今！　私と付き合うべきでしょ！」

「ええ……？　いやそれは全然わかんない」

「何度もデートしてキスまで許したんだから伊織くんだって私のこと憎からず思ってるんでしょ!?　それにセックスした相手を好きになるなら私とすればいい話じゃない！　それともなに？　逆にセックスしないなら付き合ってくれるの!?」

「それはつかささんを満足させられてないんじゃないかって疑心暗鬼《ぎしんあんき》になって死にそうだから無理」

「じゃあ何？　私はどうすればいいの？　待っていればいつかは話をしてくれるの？　伊織くんが何を考えているのか、はっきり言ってよ。私、こんな中途半端な気持ちで放り出されて、もうワケわかんない……！」

「つかささん……」

そうして僕は、今までとは違う天道つかさの涙を見た。

眉根を寄せて唇を震わせた泣き顔は、僕が一番見たくなかったもので、それでも間違いなくこれは僕のせいだった。

「ごめん――その、怖いんだよ。セックスをしたら、僕はきっと今よりもっとつかささんの過去を気にしだすと思う」

なら、吐き出したくなかった、言葉にしたくなかった事実に、向き合わなくてはいけないだろう。それで幻滅されても、軽蔑されてもそれを彼女が望むのなら。

「ああ、この人は僕以外ともこれをしたんだ、こんな顔を見せたんだな、って。そのうちに僕は九十九人のうちの何位だろうとかさ、してもらうこと全部にほかの男の影を探したり――僕のものになるはずだった体をなんで大事にしなかったんだ、ってきっとそんな勝手なことまで考えだすと思う」

童貞だから、といつぞやにキモいと言われた理由はのみ込んで話を続ける。

「それで、そうなったら僕は、多分つかささんに当たっちゃうと思うんだ」

全ては終わってしまった過去なのだから、僕が文句を言える相手はとうの天道しかいないのだ。

「そういうことだけは、したくなくって」

ああ、結局僕は自分のことしか考えてないんだな、と口にしてから気づかされた。

彼女を傷つけたくないのは、自分がそんな醜く我慢弱い人間だと認めたくないからだ。

器が小さい、とそう言う人間もいるだろう、気にもしないで彼女と付き合える男だって世の中にはいるんだろう。

だけどどうしたって、どう考えたって僕にはそれが我慢できそうになかった。

いや、どうして我慢できるんだ？

恋人を独り占めしたいと、そう考えることが何故《なぜ》おかしい。

それがもう絶対に出来ないとわかっていて、でも諦めきれないことが何故悪い。

誰だって、好きな女の子は、自分の手で大事にしたいと、そう願うものじゃあないのか。

それが完全な形ではもう叶えられないとしても、そう思ってしまう心を止めることはできない。

それがどれほど身勝手で独善的で幼稚な考えなのか、わかっていても僕には止められなかった。だから、せめてそうこれ以上は——。

「つかささんには、格好悪いところ、見せたくないから、さ」

それでも自分から積極的に離れることは、もうできなかった。それくらい天道つかさという女の子に惹かれていた。

だから、婚約話が立ち消えになったのを理由にして、僕らの関係が自然消滅してしまうのならそれでもいいと思った。

僕からでも、彼女からでもなく、それで関係が終わってしまうなら――仕方ない。

それが僕にできる唯一で、精いっぱいの強がりだった。

「――今もそう？　実際に思ってるの？　私になんであんなことしたんだって、文句を言いたい？」

「いや、多分、今はまだそんな気はないよ。少なくとも、自覚はない」

でもそれだって本当のことかは、もう自分自身でもわからなかった。

「私のことを汚いって、汚れた女だって思う？」

「思わない」

「婚約者じゃなくなった私には、もう興味ない？」

「そんなこと、ないよ」

「――そう。なら、いいわ。気にしないで」

「……へ？」

「今は私に思うところはないんでしょ、だったらいいわ。起こってないことを気にしてもしょうがないし、そもそも私が自分を大事にしなかったのは事実だし」

それに、と言って天道はベッドの隣に移ってきた。

膝の上で握った拳《こぶし》に、滑らかな手が重ねられる。

そうして彼女はもう一つの手で僕の頬をそっと撫でた。

「伊織くんね、お祭りのとき小倉《おぐら》さんに怒ってくれたでしょ。私ね、とっても嬉しかったの。言われても仕方のないことだと自分でも思っていたけど、キミにとってはそうじゃないんだ、この人は私より私のことを大事に思ってくれているんだ、って、だから――」

柔らかな唇が、僕の目尻に触れる。

すごく久しぶりに感じる天道の匂いが鼻腔を満たす、これまでずっと意識するたび落ち着かない気持ちにさせられたその香りに、今は、今だけはとても安らぐものを覚えた。

「泣かないで。大丈夫、これからだって伊織くんはきっと私に優しくしてくれるわ」

「いや、泣いてはないけど、何言ってんの」

「……意地っ張り」

泣いてはいないけども誤解を招いたようなので目元を拭って洟《はな》をかんだ。

自分こそ泣いていたはずの天道は、目こそ赤いけど表情はもうすっかりいつも通りだった。そしてそこはかとないSっ気が目に宿っていた。

「それとね、そもそも伊織くんがそんなに格好良かったことなんてないから」

「ひどい」

ガチで泣きそう。

「それに酷《ひど》いことも、もうかなり言われたし？　誰とでも寝る女とか、男子中学生にイタズラしてそうとか」

「うぐ」

そっちに関しては自覚がある上に純粋に事実なので文句も言えない。

「ふふ」

僕が言葉に詰まると、いよいよ天道は楽しそうに笑った。

柔らかな体がその重みを僕に預けてくる。

触れ合うところから伝わる彼女の熱は思っていたよりずっと高かった。

「伊織くんも、少しはおじいさまを見習ってみたらどうなの？　自分を振って他の男と結婚して孫までいるような女でも受け入れているのよ？」

「自分の祖母をなんて表現するんだ」

そういうの、本当良くないぞ。

「あと他の男と比較されるのはキツいからやめてほしい……」

「自分の祖父を他の男呼ばわりするのはどうなの？」

「酷い棚上げを見た」

「お互い様じゃない」

ぐいぐいと押してくる天道の圧に負け、僕はベッドに横向きに倒れ込んだ。

そのまま部屋の壁紙をぼんやりと眺める。

「——つかささんは、本当にそれで良いの？」

正直に言って、言われたように優しくできる自信なんて、全くない。

童貞の僕は、つまりは今まで誰にも選ばれなかった、求められてこなかった男なのだ。

女の子はいつだって遠い存在だったからこそ、優しくできた。

いや、優しくすることしか知らなかったのだ。

天道からすればそうでもなかったらしいことは一旦脇に置く。

だから自分ほど信じられない男なんて、他にはない。

まして、変わってしまったあとで僕がどうなっているかなんて想像もつかない。

「良いわよ」

抽象的な僕の問いに、少しのためらいもなく天道は答える。

それは、その強さは人と触れ合うことに慣れているからなのだろうか、彼女は今までにどれだけ傷ついて、傷つけてきたのだろうか。

「それにね、もし伊織くんが心配しているみたいなことを考え出して、あまつさえ口に出すようになって、それで私が我慢できなくなったらね——」

「なったら？」

「その時は『そうか、キミはそういう人なのね』ってキッパリ別れるから安心して」

「ええ……？」

いつぞやの意趣返しのような言葉に戸惑う僕に「簡単な話よ」と天道は気安く言った。

「確かに私の身から出た錆《さび》だし？　反省もしているけど。それでもこれからずーっとサンドバッグにされなきゃいけない理由はないと思うの。だからもし伊織くんがそうやって私を責め続ける人になったら別れるわ」

それはまぁ当然のことだ。

異論も無いし、僕は天道のことが好きだから過去を気にして酷いことを言うかもしれないけど、それは仕方ないから我慢しろ、なんて滅茶苦茶を言う気も無い。

そもそも、そうならなければいいだけの話ではあるんだけども。

「なんか色々と軽くない……？」

「だって、まだ起きてないことでしょ？　深刻になる方がおかしいのよ」

「そうかもしれないけど」

「しれない、じゃなくてそうなのよ。ね、伊織くん、もしまだ少しでも私を欲しいと思ってくれているなら、頑張って？　これからも一緒にいたいって思ってくれるなら、キミがそうしてくれたみたいに、私だって何かあってもキミを受け入れる努力をするから」

「……努力、かあ」

僕は天道をその過去ごと受け入れるべく頑張って、天道もそんな僕を受け入れる努力をする。

そう言われてしまえば、単純な話にも思える。

傷つき、傷つけるかもしれないから、距離を置くというのはある意味で賢く、潔《いさぎよ》い。

それで互いに納得ができるなら、そうすればいいのだ。

でも過去を受け入れられなくて、それが苦しくて、そう思ってなおその人が欲しいのなら、一緒にいたいのなら、努力してみるしか道はないのだろう。

ごろん、と寝返りをうって仰向《あおむ》けになる。天井はすぐに覆いかぶさってきた天道によって見えなくなった。

僕の視界を占拠する彼女は背にした蛍光灯の光よりもはるかに眩しい。

「それとね、伊織くん、志野伊織くん？　私はね、顔が良いの。おまけにスタイルも良くて、それから実家もお金持ちなの」

「知ってる」

今更、なんのアピールだろう。

「それにね、キミのことがすごくすごく好きなの」

「……そうなの？」

「そうよ、誘いを断られたショックを引きずってスマホ壊しちゃったくらいなんだから」

「ぜんぜんしらなかった、そんなの」

「でしょう？　だからね、こんな可愛《かわい》い女の子を逃したらすごく勿体《もったい》ないと思わない？」

「つかささん、そうやってすぐ自分を餌にするの、あんまり良くないと思うよ」

「あら、どうして？」

「何も考えずに釣られたくなるから」

「そのためにしてるのよ」

その楽しそうな声に、はあ、と息が漏れる。

「ちょっと、ため息をつかないで」

頬をつねられて、いよいよ観念した。

天道つかさは僕には勿体ないくらい美人で笑顔が可愛くて実は頭も良くてお金持ちでスタイルがすごく良くてお洒落《しゃれ》でものすごく押しが強くてえげつない経験人数でちょっと相《あい》容《い》れない価値観の持ち主でもあるけれど——それでも確かに僕のことが大好きらしいから。

「天道つかささん」

「うん」

「僕も、あなたのことが、好きです」

「——ありがとう、すごく嬉しい」

言った端からなにを気取っているんだこの童貞、と自意識の刃でめった刺しになった心が、天道の言葉一つであっという間に持ち直したのがわかる。

「やっと言ってくれた」

――ああ、僕は自分で思うほど複雑な人間でもなかったんだな。

「私もね、キミのことが大大大好きよ」

好きな人に受け入れてもらえるのは、こんなにも幸福で心強いことなのか。

「なにその表現」

「あと二つくらい大をつけてあげてもいいけど？」

「や、十分伝わったから」

過去の後悔も、未来の不安も今のこの瞬間だけは感じなかった。

「――つかささん」

「なぁに？」

「とりあえず、恋人からまた、僕と付き合ってもらえるかな」

「――ええ、喜んで」

泣き笑いみたいなその笑顔は今までで一番魅力的だった。

そうして抱き着いてきた天道が、唇を重ねてくる。

「今度は、拒《こば》まないでね？」

返事をする間もなく遠慮なく舌まで入れられて、そのあともすごかった。

この日、僕に生まれて初めての彼女が出来た。

夏の、やっぱり暑い日のことだった。

第十二話　美しく燃えるもの

カーテンの隙間から、光の筋がいくつも差し込んでいる。

ちらちらとそれが揺れるのはベランダに干した洗濯物が風に揺れているせいだろうか。

電気を消し閉め切った部屋で、空調をつけていても感じる熱気の中でふとそんなことを考えた。

熱を発しているのは僕自身と、腕の中で裸の胸を押しつけてくる天道《てんどう》つかさだ。

「ん……ん、んっ……は、ぁ……っ、ふ、ふっ、んん……」

あぐらをかいた僕の上にまたがり、いわゆる対面座位で彼女は淫《みだ》らに踊っていた。

弾むように身を跳ねさせて上下に擦り、奥まで下りたところで二度三度と円を描くようにお尻を回して、それから恥骨をこすりつけるように前後に腰をくねらせて、また持ち上げる。

AVみたいに大きな声を上げるわけでもないけれど、ときおり漏れる吐息はそれだけにリアルで、その熱さとくすぐったさがセックスの実感を強めている。

「んっ……ね、伊織《いおり》くん……私、気持ち良く、できてる？」

「――うん、いや、もう、すぐ出そう」

至れり尽くせりの凄テクは、正直その背景にある積み重ねと経験が感じられすぎて、もうちょっと手心を加えてくれてもなあとは思う。

「ん、嬉し……いつでも、出してね」

それでも身体も心も萎えずにいられるのは心底嬉しそうな彼女の笑顔と蕩《とろ》けた声と、変幻自在の腰使いとはまた違う、単純でそれだけに気持ちを感じる抱擁《ほうよう》があるからだった。

「伊織くん、んっ、いおりくぅん……」

熱に浮かされたみたいに僕の名を呼びながら、腕を背に回して全霊ですがりつくみたいに天道は上半身をこすりつける。

不器用な、まるで子供みたいな愛情表現の一方で、密着度の高い不自由な姿勢でも下半身は別の生き物みたいに巧みに動いてペニスを細かく刺激してきた。

「つかささん、それ、やばい、っ……！」

「ん……いいよ、我慢しないで……ね？」

幸せだかなんだかよくわからない、脳が破壊されそうな快楽に僕は呻《うめ》く。

婚約者を経て恋人になるという、ちょっと普通とは逆の流れでできた人生初の彼女、天道つかさとついに関係を持ってから二日。

キャリーバッグを引いて復縁にあらわれ、話がまとまったあとでお泊り週間を宣言した彼女の予定通りに僕らは日々セックスをこなしていた。

天道にしてみれば今更おぼこぶる必要もなくて、僕からすれば手ほどきしてもらった方が彼女を早く気持ちよく出来るはずとリードを受け入れての性行為は、新しい発見の連続だった。

たとえば、天道はE寄りのDカップであるらしいこと。

左の乳首のすぐそばにほくろがあって、それを少し気にしていること。

彼女のそれはかつて自己申告があったとおりに綺麗な色をしていたこと。

それでもやっぱり童貞に無修正は強烈すぎたこと。

さんざん濁したあとで僕のサイズは平均よりは上だと思う、と評価を貰ったこと。

あれこれ聞かれるのはさすがに恥ずかしいとちょっとガチトーンで怒られたこと。

天道は確かに床上手でサービス精神も旺盛で、気持ちよすぎてかえって最中に余計なことを考えられないのが僕としては助かったこと。

——それからすればするほどに、彼女を求める気持ちが強くなっていくこと。

「ごめん、つかささん、出すとき、僕が、動いて、出したい……」

「んっ、んっ……、そう……？　じゃあ、ゆっくり下ろして……あ」

名残惜しそうに動きを止めた天道に、僕からキスをすると途端に顔がほころんだ。

そうして髪を巻きこまないよう気をつけながら、繋がったままの彼女の上体をゆっくりとベッドに下ろして正常位の体勢になる。

仰向《あおむ》けの天道は薄暗がりの中でぼんやり輝く双丘を揺らし、白い裸身をよじらせて僕が動きやすいように位置を調整してくれた。

「それで、つかささん、どう動けばいい？」

「ん、伊織くんの好きにしてくれていいけど……」

「や、せっかくなら気持ちよくなって欲しいし」

僕の方はいつでも暴発しそうだし。

「——もう」

あんまり見たことのない羞恥《しゅうち》交じりの困り顔を浮かべて、天道はぐいと膝を立てて腰を少し持ち上げると、僕の両手をとって自分の下腹部に導く。

とんでもなくエロかった。

「——こっち、お腹の方にね、持ち上げるみたいにこすりつけて？　それから大きくじゃなくて、小刻みに動いてほしい」

「ん、わかった」

触れた肌は汗ばんでいて熱かった。

薄い脂肪の感触と、その下の意外と鍛えられた腹筋、その更に下、彼女の中に迎え入れられた僕のペニスがある。

わかっていても不思議な感覚だった。

「でも伊織くんのって、ちょうど私が気持ちいいカタチしてるから、あんまり激しくしないでね、声が出ちゃ、ひゃっ」

そうして赤い顔で言われた言葉に一気に僕も頭が熱くなったし、彼女の中で一層勃起して反り返り天道を驚かせた。

「――なんで？」

「や、今のはそうなるって」

そんな不思議そうな目で見られても、むしろわざとじゃなかったことに驚く。

きゅ、と天道の内側に締め付けられて、一旦どかしていた欲望が燃え上がった。

腰を動かそうとしたところで、彼女が両手を僕の方へと差し出してきた。

「これじゃ、嫌《や》、キスしながら……ね？」

「あ、うん」

起こしていた上体を倒すと細い指が首を撫でて、腕が絡む。引き寄せられるままに唇を重ねる。

完全に体重がかかって潰さないようにわきの下に腕を差し込んで、天道の上にゆっくりと覆いかぶさった。

「んっ……んぅ……ちゅ……ふ、ぁ……」

歯をぶつけないように苦心しつつ、彼女の舌に動きをあわせる。

くすぐったいような柔らかな感触が口の中で暴れまわり、すすった唾液《だえき》は甘い気がした。

「ね、うごいて……」

囁《ささや》く声に頭の中が煮え立つ。ふわふわした気持ちのままで腰を動かしはじめる。

からみつく手足に制限された動きは、まだまだ不慣れな僕でも要望通りの短いストロークになった。あるいは、これを承知で彼女はキスを求めたのだろうか。

「んっ、ん、んっ、ひ、ぁっ……！」

少しだけ痛んだ胸は、すぐに媚態《びたい》への興奮で上書きされる。

「っ、つかささん……！」

まだそう多くはないセックスの経験で僕が感じたことは、自慰と性交の大きな違いは性器への刺激ではないらしい、ということだった。

それは天道の膣内が手より良くないとかそういうことではなくて、なんならもうすぐに出そうだけど、自慰で快感を得られないという男もまず居ないだろう。

だからきっと、セックスがオナニーより気持ちいいと感じるのは、脳への刺激の差なのだろう、とそう思うのだ。

視覚や聴覚的には動画でだって女性の裸を見るし、エッチな声も聞こえる。

「んっ、あ、ね、伊織くん……ぁっ、伊織くん、も、気持ちいい……？」

だけど、そこに熱はない。匂いも、重みも感じられない。

「――うん、すごく、気持ちいいよ」

頬を紅潮させて僕を呼ぶ天道つかさの潤んだ瞳、彼女が発するその熱、鼻にかかった甘い声、汗とその他の体液が交じり合った、なんとも言えない淫らな匂い。

「ん、うん、良かっ、たぁ、あ――あっ、あっ……！」

重なり合った肌が伝える温もり、その柔らかさ、確かに感じる愛する女の子の重み。

僕をなによりも夢中にさせるのは、決して彼女の膣内の感触だけではない。今まさに五感全部で感じる、天道つかさを抱いているという「実感」だった。

「つかささん、つかささんっ……」

「――や、もぉ……んっ！」

ぺろり、と頬を舐める。

ファンデーションだろうか、ちょっと粉っぽい舌触りと苦みと汗のしょっぱさを覚えた。

そんなことでさえ、もうわけがわからないくらいに僕を興奮させる。

「くぅ……！」

「あんっ」

ぞくん、と股間に震えが走った。

射精を迎える前の、抑えようのない快感がゆっくりと広がる。

もっともっと続けていたいという気持ちと、これを早く解き放ちたいという気持ちがせめぎ合う。

「ん、いいよ、伊織くん。出して、私の中で――」

そんな射精の予兆を感じ取ったのだろう。

天道は、一層強く僕にしがみつきながら耳元で甘く囁く。

もちろん避妊具はしているのだけど、その誘惑は効果てきめんだった。

「――！　つかささん、好き、好き、だ……うぅっ！」

「っ、うんっ、うん……私も、わたしも、好き、ぃ！」

快感の熱に浮かされるまま、稚拙《ちせつ》に愛を囁く。

このまま腰骨が溶け合って離れられなくなってしまえばいい、それくらい奥の奥までペニスを突きこんで射精を迎えた。

ぎゅうっと天道に抱きしめられて、僕は動きを止める。

「あっ、あ、んっ……！　伊織くんの、出てる――」

どくどくと彼女の中で甲斐《かい》なくコンドームを膨らませる脈動にあわせて、天道は腰を震わせた。

女の子の快感がどういうものかはわからないけれど、その反応と声で彼女は自身の悦《よろこ》びを伝えてくれる。それは射精の快感にも劣らない官能だった。

「ふぅ……」

「あ……伊織くん。もう少し、このままで、ね」

体を起こそうとした動きを察して、天道の両腕が僕を引き留める。

「ん、わかった……ちょっと、つかささん？」

せめて体重がかからないようにと腕に力を込めると、より強い力で下から引っ張られた。

「いいから、まだ、離れないで……」

そう言って天道は唇を重ねると潜り込ませてきた舌で反論を封じる。観念した僕が力を抜いて柔らかな体にのしかかると、彼女は小さく嬉しそうな声を漏らした。

§

使用後のコンドームと、天道の愛液で濡れた腰回りの始末をつけて、ペットボトルで用意していた水を喉へと流し込むと予想以上の心地よさが体に染みていく。

「——つかささん、水は？」

こちらに背を向けて同じように後始末をしていた彼女が肩越しにふり返る。

白い背中と腰が描く優美なライン、気だるげに投げ出された脚とお尻の美しい曲線はドミニク・アングルの有名な裸婦画を思い出させた。

「ん——伊織くんが飲ませて？」

またお嬢様なこと（偏見）言い出したな、と思いつつボトルを彼女の口元へ運ぶと、整えられた綺麗な眉が不満そうに歪《ゆが》む。

「そうじゃなくて」

言いながら天道は、自らの唇をそっと指でつつく。

蠱惑的《こわくてき》な仕草に、もう結構酷使して熱の引かないペニスが再び持ち上がった。

なんだってこう一々やることなすこと絵になるのかな。

「——マ？」《マジ》

「マ、よ。ね、早く」

くすくすと何やら妙に楽しそうな笑顔の圧に負けて、僕はボトルに口をつけた。

そうして目を瞑《つむ》ったキス待ち顔の天道に唇を重ねて、ゆっくりと水を流し込む。

「ん——ふぁ……」

白い喉が嚥下《えんげ》のため動くさまはさぞかし官能的だったろう、それが見えないことをちょっと惜しみつつ飲ませ終わると天道がゆっくりと目を開けた。

悪戯《いたずら》な光を宿したツリ気味の目と、至近距離で視線が絡む。

「ありがと」

笑みの形を作ったあとで、彼女はちゅっと音をあげて唇を軽く突き合わせた。

正直、素のテンションだったら死にそうなくらいに駄々甘な行為だ。

「これ、ぬるくなるだけじゃない？」

「いいでしょ、一度されてみたかったの」

思春期男子の妄想かな？

ド級の性経験の一方で相手に本気になるわけにはいかなかった天道は、どうにもバカップルっぽいというか、ちょっと子供っぽいような戯《たわむ》れへの憧れが強いらしい。

僕としてもそれに付き合うのは全くやぶさかではないけど、照れるのは照れる。

「伊織くん」

裸のまま寝転がった彼女の横にポンポンとお招きされるくらいなら、許容範囲なんだけどな。

パンツだけをはいてベッドに寝転ぶと、天道は僕の右腕を取って自分の枕にした。

お互い体を横向きにして、向かい合った姿勢を取る。むぎゅっとつぶれた胸が谷間を作る天道の裸体は、賢者モードでも大層目の毒だった。

「――ね、どうだった？」

そうして彼女はピロートークの開幕に超剛速球を投げ込んでくる。

「とっても気持ちよかったけど……」

それは本来経験値の差的に僕がしつこく聞いて、幻滅させるやつでは？

とは言え実行に移しても真偽のほどはわからないし、それで疑心暗鬼になるくらいなら、行為のあいだの彼女の反応をただ信じていた方がいくらもマシだ。

そう思って聞かないようにしているのに何故《なぜ》、と思っていると天道は僕の胸元に顔を寄せて、鎖骨のところにキスマークをつけていた。

「つかささん、いきなり何してくれてんの……」

「話の途中でほかのことを考えてた罰よ」

「審議もなく即執行とか司法が仕事してないんだけど」

天道家は代々恐怖政治の家系なのだろうか。

まあ、シャツ着れば隠れる場所だからまだ良心的か……。

「それより伊織くんも慣れてきたみたいだけど、童貞じゃなくなった感想って、どう？」

「ん～……」これも女の子から聞いてくるものなのかなあ。

自分が童貞であることは、かつてはかなりの精神的な重荷だったけれど、たった数度のセックスは僕を劇的に変えてはくれなかった。

女の子という宇宙の謎が解き明かされたわけでもなければ、もう童貞じゃないんだぜ、みたいに根拠の無い自信が湧いてくるわけでもない。

相変わらず天道の過去だって気になるし、卑屈な思いもどうしたって消せやしない。

「あんまり、これと言って変わったことはないと思うけど……」

確かに変わったと言えそうなのは、未知《セックス》への恐れくらいだろうか。

まぁ初回で見事に暴発してお約束みたいに挿入失敗して、その後中々芯が入りきらないのをこんなの何よとばかりに天道にその凄テクでフル勃起させられて、騎乗位で逆レイプ気味に童貞喪失させられればもう怖いものなんてなくなるのも当然という気がするけど。

まあそれからは天道のお誘いに身構えるようなことはなくなったし、しようっていうサインを受けとった時は素直に嬉しい。

「ふぅん……初めての相手が特別になったりしてない？」

いや、それは元からだから。

ニマニマと笑う天道は憎たら可愛《かわい》くて（新語）、素直に伝えるのは少し癪《しゃく》だ。

癪だけれど。

「なってるよ」

「ふふっ……ん――」

だけれどそんな僕の意地よりも思いを口にして彼女へ伝える方が大事だと思えるのは、これも童貞じゃなくなったことによる変化だろうか。

あと多分嬉しいからキスしてきたんだろうけど、ここは舌を入れるタイミングじゃない、なくない？

「つかささんのことは、余計わかんなくなった気がするけどね……」

「そう？　良かった」

「なんでさ」

「ちょっとセックスしたくらいで相手のことわかった気になるのって、どう？」

なるほど、もっともな話だ。

そう思っていると天道が手を下の方へ動かす。股間を触られるのかと一瞬身構えたけれど、彼女の目当ては僕の左手だった。

にぎにぎと恋人つなぎで絡めた指に力を込めながら、その手を胸の前まで持ってくる。

「――つかささんは、どうなの？　僕とセックスしてみて」

「しあわせ」

「え」

短くて、シンプルな回答と、不釣り合いなくらいの思いを感じる声に戸惑っていると、天道は握っていた僕の手を自分の胸の谷間へと導いた。

「伊織くんには私がなんてことない風に見えるのかもしれないけど、いつもすごくドキドキしてるの。それに、とっても気持ちいいし、いつも精一杯良くしようとしてくれるのがうれしくて、私もキミが喜んでくれるならなんでもしたいって思う」

彼女の胸の中央に押しつけられた掌《てのひら》には、確かに強い鼓動が伝わっている。

そうして言葉通りに幸せそうな表情も、それが天道の本心だと教えてくれた。

「だからね、私は伊織くんとのえっちがしあわせで、大好きよ」

「うん、それはどうも……光栄です」

「なぁに、それ」

軽い気持ちで聞いてみたら思っていた以上に重い反撃を貰ってしまった。

「それにね、伊織くんなら、途中でゴム外される心配もないからえっちに集中できるし」

そうして強烈な冷や水もぶっかけられた。

それはちょっと今のタイミングで言わなくても良かったと思うんだけどなぁ！

「あ、二つの意味でよ？」

フォローが入ったけれども、どうにも天道は童貞心を理解していない。いや僕も乙女心は理解できてないし、そもそももう童貞でもないいんだけども。

「どういうこと？」

「伊織くんはそんなことしないっていうのと、キミがしたいなら生《ナマ》でされちゃってもいいかなって意味」

「――そう」

それに、なんて言えばいいんだろう。

僕が誠実だという褒め言葉でもあるだろうけど、そんなことできないだろうって意味にも聞こえるし、受け入れてくれるのを喜んでいいのか、まだ学生だから僕がトチくるって言い出しても止めてねって諭《さと》せばいいのか。

「やん」

とりあえずおっぱいをもんで誤魔化すと、天道も冗談っぽく身をよじった。

前までは絶対できなかっただろう行為に、僕も成長したなあと現実逃避しながら、彼女の言葉をもう一度自分の中で整理していく。

――幸せ、か。

今でも付き合う前からの焦燥や不安は消えていないし、胸を張って天道の全てが僕のものだなんて言えないけれど、それでも僕もまたこの新しい関係に確かに幸せを感じていた。

そうやって二人が同じように思えるなら、僕の悩みなんてきっと本当に些細なことで、きっと僕らは今間違いなく幸せなんだろうな。

「伊織くん……」

ぼんやりとそんな感慨に浸っていると、天道が弱々しい声をあげる。

「ん、何？」

「そんなに触られたら、したくなっちゃうから……」

言われてはじめて、僕はずーっと考え事しながら天道の胸をもんでいたことと、いつのまにやら掌にこりこりと固くとがった感触があることに気付いた。

「あ、ごめん、そんなつもりじゃ――」

否定しようとすると、天道の目がぎらりと光った。

口よりも物を言うそこが主張しているのは「責任を取れ」というただ一つだ。

「えっと——その、もっかい、する？」

「ええ、もちろん」

浮かんだ笑みは獲物を前にした肉食獣を思わせる。

その日三度目のセックスは、やっぱりとにかくすごかった。

第十三話　夏の日、残響

――ああ、今日も夏の空だなあ。

窓の外に見える入道雲の白と青空のコントラストを、ぼんやりと眺める。

窓ガラスで隔てられていてもやかましいセミの声と、見ているだけで汗が出そうな眩《まぶ》しい日差しに僕の思考はそのまま虚空《こくう》を漂いだした。

この世で最も重い物体はもう愛していない女の体である、と言ったのは確かフランス人だっけか。

なら今感じているこの腕の中の重みは、幸せのそれを表しているんだろうか。

「伊織《いおり》くん」

とりとめのない思索は、天道《てんどう》つかさの僕を呼ぶ声で中断された。

滞在五日目ともなれば遠慮も消えて、ひと夏のプチ同棲を満喫中の彼女は、ぴっちりしたホットパンツから白い美脚を惜しげもなく放り出し、すっかりくつろいだ姿をさらしていた。

今は座椅子に座った僕を背もたれに、綺麗に並んだ貝のような手の爪にやすりをかけているところだ。

「なに？」

「あのね、明日一度家に帰ろうと思って」

ホッとする気持ちと残念に思う心は、自分でも判別がつかないくらい絶妙な割合でせめぎ合った。

「そっか、わかった」

「うん」

承諾の意を伝えても天道の機嫌は損なわれなかったので、少なくとも表面上は嬉しそうにはしていなかったらしい。

「そういやそもそもこんな連泊して大丈夫だったの？」

少し前までは正式な婚約者で、現在も恋人関係にあるとは言え、天道家は古風なお金持ちの家である。いかに僕で九十九人目というド級の性経験が家族に知られたとは言え、嫁入り前の身で男の部屋に泊りは許されるのだろうか。

「おばあさまは黙認だし、母と姉さんたちはちゃんと仕留めてきなさいって」

「ええ……」

天道家は何なの、捕食者の家系なの？

顔も良くてお金持ちとか頂点捕食者なの？

思い返してみれば祖母と孫娘だけじゃなくて母娘、そして姉妹でも天道家の女性は面差しに共通点が多かったように思う。

やっぱり肉食家系じゃないか（絶望）。

「――あれ、でもお父さんは？」

二代続けて婿を取ったらしい天道家では発言力はまず天道の祖母であるちとせさん、その長女である天道のお母さん、その次に入り婿のお父さんと来るらしい。

そうは言っても男親は一般的には娘の異性関係には口うるさいのでは？

「内心がどうであっても、父はおばあさまと母に逆らえないから」

「むごい」

「あら、そんなこと言っていいの？」

思わず同情の声をあげた僕に、天道は悪戯《いたずら》っぽい笑みを浮かべて振り返った。

「この前はじめて聞いたんだけど、うちの母って伊織くんのお父様に振られたのよね？」

「その言い方はあれだけど……まぁそんな感じだったらしいね」

でも、それが果たして僕とどうつながるのか。

「つまりね？　伊織くんは父にとって妻の初恋の相手の息子で、可愛《かわい》い末の娘の元婚約者兼現恋人で、おまけに頭が上がらない義母に男を紹介した、いろんなものを大変脅《おびや》かしそうな相手なわけだけど――」

「ヒエッ」

一つでもそれぞれ思うところが発生しそうなのに、それが三つもそろえばもうトリプル役満では？　アークエネミーでは？

僕にその気が無かろうとも、ちとせさんとお母さんの態度次第で一層肩身が狭くなりそうだし、しかもそれはなかなか起こりうる事態っぽく思える。

「教えてあげるのがフェアだから言うけど――伊織くん、父に目の敵《かたき》にされているわよ」

父は特に私に甘いしとの言葉に、僕は天道のお父さんの家庭内の地位がずっと低いままであることを願った。

§

「――それでね、本題なんだけど。今夜は伊織くんが作ったご飯食べたいなって」

「ええー、めんどい」

「言い方。あのね、せっかく泊りに来たのにまだ手料理を食べてないじゃない？」

確かにスーパーのお惣菜《そうざい》に、コンビニの弁当、ピザの出前にレトルトのパスタソースと精々《せいぜい》米を炊いたりパスタを茹でたくらいで出来合いのもので済ませたけども、それはそもそも天道がセックスの合間に人としての最低限文化的な生活をする、みたいなスケジュールを組んだせいでは？

「そこはつかささんが作ってくれるところじゃないの？」

　世の男子たるもの恋人の手料理への普遍的な憧れくらいは持っているものだろうけど、僕だってその例外ではない。

「ダメよ、まだ練習中だから」

　けれども天道の返事はにべもなかった。

　お嬢さん育ちの彼女だけども、ここ五日ほどを見れば生活能力は普通にあるし、過去の話でもメシマズエピソードは出てこなかった。

　そもそも土地柄的に、古風な家ならむしろ良妻賢母を目指して育てられるはずだ。

「や、でも僕も別に料理上手ってわけじゃないんだけど」

「でも男の子は料理できるだけで加点でしょ？　一般に女子はくわえておいしくないと減点されるし」

「どっかの団体から抗議されそうな発言だなあ……」

「あら、多分一般論だけど」

　まぁ天道自身がそう思っているというわけじゃなくて、そういう見方をされるものだ、という話だろうし、全くの妄想とは思わないけれども、それで僕にお鉢が回ってきて恋人の手料理が遠のくというのはちょっと理不尽な気もする。

「僕はそういうの別に気にしないけどな」

「私が欲しいのは目先の好感度より、将来の満足度なの」

「だんだん上手になっていく過程を見せるってのもアリじゃない？」

「それも一理あるけど、私のブランディング戦略とは違うから」

ブランディングとは、またえらく意識高そうな単語が出てきた。

さては天道は自分の顔とか諸々にそれだけ大層な価値があると思ってるな？　僕に限って言えばその通りだぞ。

「あとね、伊織くんに私が上手なのはセックスだけじゃないって思ってもらいたいの。見栄くらい張らせてよ」

「ンぐ」

そしてまた絶妙に嬉しいような心のかさぶたが痛痒いような発言が飛んでくる。

もしこれを狙ってやっているんだったら天道は実は結構なドSなのかもしれない。

どっちかっていうとただ鈍感系ヒロインなだけ説はあるけども。

「――――そういうのって、僕に伝えたら台無しでは？」

「キミならそれでも健気《けなげ》で可愛い恋人って思ってくれると信じてるから」

嘘だゾ、絶対そう思えって誘導だゾ。

こんな圧力のかけ方ってある？

「ね、そう思わない？　伊織くん」

そうわかっていても顔面偏差値激高の笑顔を前に、恋愛偏差値クソ雑魚《ざこ》ナメクジの僕はもろ手を挙げての降参しかできなかった。

「はい、健気で可愛い彼女がいてくれて僕は幸せです、市民」

「よろしい……市民？」

実際のところもうなんかちょっと最近では天道の掌《てのひら》で転がされるのが、少し楽しくなってきている自分もいてどうしたものか。

キャバ嬢に熱をあげる人ってこんな気分なんだろうか、まぁ少なくとも話をするのにお金がかからないだけ僕はマシだな（逃避）。

「──言っとくけど、本当に凝ったものは作れないからね」

「平気よ、私好き嫌いも特にないし、なんでもいいわ」

「じゃあカレーでいい？」

途端にスンッと天道の顔から表情が抜け落ちる。

美人な彼女の無表情はどこか作り物めいていて、実に夏らしくホラーだった。

「伊織くんが、お泊りの最後の夜は香辛料の匂いがする彼女がいいって言うならそれでもいいけど？」

「ごめんて」

声もめちゃくちゃ冷たかった。

実際くつろいでいるようでいて天道はこの五日間も、セックスの直後をのぞけばいつでも良い匂いがして、化粧を落とすのも寝る直前なら起きるのも僕より早いと、とにかくすっぴんを見せないようにもしていた。

そういう努力をしてきた彼女からすれば、一生僕とカレーを食べないわけにもいかないとは言え今日ではないだろう、ということか。

あとお泊りって言い方がちょっと可愛くてズルい。

「えーと、じゃあ冷蔵庫も多分からっぽだし、献立《こんだて》は買い物しながら考えるってことで」

「………………」

「ふ、二人でご飯の材料買いに行くとか同棲感あってエモいと思うんだけど、どう?」

「よろしい」

プレゼンの結果、なんとか無事に許された。

§

白い雲は遠く西の空にとどまり、晴れ渡った空から降り注ぐ午後の日差しは、眩しいを通り越して苛烈《かれつ》という表現が似合った。

片道二車線の大通りを渡るときにふと目をやれば、長い直線道路を去っていく車の下に逃げ水が見える。

「あっついなぁ……」

「本当、もう少し涼しい時間になってからの方が良かったかもね」

そう言いながらも天道は、僕よりはずっと余裕がありそうに見えた。

Tシャツとホットパンツの上に白い長そでの夏用パーカー（僕の）を羽織って、キャップ（これも僕の）を被っただけのラフな姿でも、近所に買い物へという気楽さより、まるでリゾートに来たような感じが出るのだから美人はずるい。

「散歩が途中で嫌になった犬みたいになっているわよ、伊織くん」

「それはよくわかんないけどひどいこと言われてるのだけはわかる……」

彼氏にする表現じゃない、なくない？

僕はいったいどんな顔してるんだろう、と思いつつなんとかスーパーへたどり着いた。

屋根が張り出して日陰になった入り口前のスペースでは、日向《ひなた》に出るのをためらうように買い物帰りの人たちがげんなりした顔を並べている。

「おつかれさま」

「ありがと……」

脱いだ帽子を団扇《うちわ》代わりにして天道があおいでくれる。

屋外では文字通り焼け石に水だったけども、店内に入れば空気が冷え、一気に効果は倍増した。

「伊織くん、カートは使う？」

「や、いいよ。二人分ならそんな量にならないし……ちなみにつかささんの買い物は？」

「そうね、部屋に置かせてほしい日用品くらい？」

あ、これからも泊りに来る気なんだ。

「……それくらいなら、やっぱり無しで大丈夫かな」

「わかった、はい」

嬉しいやら恥ずかしいやらで答えがちょっと遅れたのはばっちり天道に伝わっていて、実に楽しそうに笑われたけども、ここでムキになっても喜ばせるだけなのもわかってきた。

「……横並びは迷惑だと思うんだけど」

「ええ、そうね」

手渡されるかに思われた買い物カゴを一緒に持とうとする彼女にせめてもの抵抗でそう言うと、予想していたとばかりにくるりと左に回られて腕を組まれる。

僕知ってる、これ周囲に白い目で見られる系のカップルだ。

「それで、何にするかは決まりそう？」

「あぁ、うん、そっちは大丈夫」

せめて速やかに買い物を終えねば、と決意を新たにする僕の目に、青果コーナーに山積みされた緑の苦い奴が飛び込んできた。

よし、主菜は君に決めた。

一人暮らしの自炊において地味に問題なのがその分量で、特に野菜は上手に献立を考えないと余らせて駄目にするか、しばらくそればっかり食べることになる。

そこらへんが億劫《おっくう》でついつい一人分を買える総菜やコンビニ弁当になりがちなのだけど、これが二人分ならそこまで悩むこともない。

「ゴーヤってことはチャンプルー？」

「うん、自己流だけど夏っぽいし、一人で大量に食べたいものじゃないからちょうどいいかなって」

「へぇ」

おおむね切って味付けて炒めるだけで簡単だし、というところは黙っておく。

「あ、つかささん、ゴーヤって大丈夫？」

「ええ、苦いのは平気よ」

……これ拾っちゃうあたり童貞魂が染みついてるんだろうなとか、でも言い方ってもんがさあ、と思っていると天道が「あ」と小さく呟《つぶや》いた。

「──あの、伊織くん、変な意味じゃなくてね？　私コーヒーとか、チョコもビターの方が好きだし」

「うんごめん大丈夫つかささんは全然悪くないからこれはもう僕が純粋にキモい童貞なだけだから………」

「そ、そう？　でも伊織くんはもう童貞じゃないわよ？」

気遣われるといよいよ気まずいってレベルじゃなかった、どうして僕はこうなのか……。

気を紛らわすために無心で木綿《もめん》豆腐に卵と材料を揃えていく。

さすがの天道も対処に困ってか二の句が継げないようだけど、今は何を言われても傷口が広がるだけなのでそっちの方がありがたい。

あとは豚肉とー鰹節《かつおぶし》とー、そんなところか。

「伊織くん、それってちゃんと見て選んでるの？」

「え？　うん」

言われて念のために確かめてみると、卵も豆腐も十分に消費期限には余裕があった。

「大丈夫、ていうか卵はまず期限近くのは残ってないし、豆腐だと見切り品はシール貼って別の棚に置いてると思うけど……もしかしてなんか高いのだった？」

たまによくわからない付加価値でとんでもない値段になっているのがあるけど、知らないうちにそれを選んでたんだろうか。

「ううん。そういうわけじゃないけど、一人暮らしの人ってもっと値段とか吟味して、倹約していイメージがあったから」

「あー……なるほど」

お金持ちの家に生まれた天道に指摘されるとは思わなかったけど、確かにそっちの方が一般的な気もする。ただ僕の場合は基本的にほとんど食費にしか使わないしな……。

「ちゃんと毎月やりくりできてるから大丈夫だよ」

「私が家計簿つけてあげてもいいけど？」

「や、気持ちだけもらっとく」

あきらかにパワーバランスが崩れつつある現状で、財布を握られるのは避けたい。天道から離れられなくなるのはまだしも、更なる相対的立場の低下はマズい。

というかそれ考えると胃袋を掴まれるのも危なかった説があるな……。

そんなことを考えていたのが悪かったか、人の流れを読み違えて通路でお見合いしてしまった。

「あ、すみませ――」

「志野、ちょっといい？」

へ、と既視感を覚える流れで聞き覚えのある声に顔をあげると、そこには夏祭り以来となる小倉香菜《おぐらかな》が立っていた。

季節のせいか一層日焼けしたように見える彼女は、ずいぶんと硬い顔をしている。

「伊織くん、あとは何が必要なの？」

「――あ、ええと、豚バラの薄切り、小さいパックのやつで、それと鰹節も」

「わかった、先に片付いたら入り口で待ってるわね」

すわ大惨事スーパー気の強い女大戦Z開幕かとビビる僕をよそに、天道は買い物カゴを引き受けると小倉とは言葉も交わさず去っていく。

「話があるから、ちょっときて」

小倉もまたそれを一瞥《いちべつ》すらせず、前置きもなしに言い捨てると、くるりと背を向けて歩き出した。

二人ともすごく自然に僕の意思を無視してくれるな？　と思いつつ素直にそれを追った。

「珍しいところで会ったな」

「図書館に寄った帰り、水買いに来たんだけど志野たちが見えたから」

そう言いながら手ぶらで小倉は外へ出た。二秒で冷房が恋しくなる。

どうやら人に聞かれたくない話なのか、信号待ちで日陰に留まる人たちから離れた場所までできてようやくこちらを振り返った。

「――あのさ、志野って天道と結婚するの？　なんか婚約したって聞いたんだけど」

「や、婚約は解消になったよ、今は普通に付き合ってる」

解消のところでちょっと表情を緩めた小倉は、その後に続いた言葉で顔をしかめた。なるほど、これは天道が嫌いなだけじゃなくて、僕絡みのなにがしかもあるわけだ。

それでも二人きりにしたってことは天道は話くらいはOKだと判断したんだろうけど。

「そ……ならさ、ちょっと見てもらいたいんだけど」

そう言って小倉が差し出したスマホに映っていたのは、えっちい画像だった。

ちょっと⁇

「――それ、天道じゃないかって回ってきたんだよね」

「は⁇」

嫌な汗が噴き出すのを感じながら、改めて画像をよく確かめる。

ホテルっぽい部屋で撮影されたらしきそれは、若い女性が目元を掌で隠し、シャツをまくって裸の胸を露出してベッドの上で煽情《せんじょう》的な姿勢をとっているものだ。

ドクン、と心臓が強く高鳴る。

白い肌、緩く巻いた茶色の髪は天道と同じで、全体に細身なのも似ている。

上半分が隠れた顔はちょっと判断が難しいところだが、笑みを浮かべた口元や鼻筋は似ている気がしないでもない。

「言っとくけど、あたしは広めてないから。ただどっちにせよ、アンタには教えておいた方がいいと思ったからさ」

「あぁ、うん――そっか」

小倉の声をどこか遠くに聞きながら、僕は画面を食い入るように見つめる。

「………で、どうなの？」

そうして、安堵と共にようやく息を吐き出せた。

「──や、違う人だよ、コレ」

「なんでわかんの？」

「よく見たらつかささんはここまで胸大きくないし、ほら、ほくろもない」

「あっそ、天道の裸見たんだ？　へーえ」

「──あ」

動揺しすぎてやばいこと口走ったな？

いや、でもまぁこれくらいは付き合っている大学生なら普通だし、セーフセーフ！

「そ、それによく考えたらこういうのを撮られないように、毎回するときには相手のスマホを没収してたって言ってたし。こんなノリノリで撮らせないって」

「……アンタそれ聞かされて思うところはなかったわけ？」

「今言いながらちょっと凹んだ……」

こんなところで地雷踏まされるなんていったい僕が何の罪を犯したっていうんだ、と凹んでいると小倉は聞えよがしにため息をついてスマホを仕舞った。

上げた顔は憑《つ》き物が落ちたようにすっきりしている。

「じゃああたしは一応聞かれたら否定したげるけど、多分休み明け目ぇ冷たいからね」

「まぁ、それはつかささんの自業自得もあるし、仕方ないよ」

「彼氏なんでしょ？　なんでそんなのと付き合ってんのよ……」

「まぁ、色々……」

好きだからかなあ、と思っていると小倉はもう一度クソデカため息をついて話はおしまい、と一方的に宣言した。

「小倉、一応教えてくれてありがとな」

店内に戻る背にそう声をかけると、彼女は普段通りの笑顔で振り返って舌を出した。

「言っとくけど、あたし天道ホンッット嫌いだから。そんなのに食われたアンタももう嫌い。二度と話しかけんなよ」

「ひでえ」

今日もそっちから話しかけてきたのに、と言い返さないだけの頭は僕にもあった。

言葉は酷《ひど》かったけども小倉の表情に嫌みは無くて、彼女もまた、ずっと胸につかえていたものを今日取り除けたのだろうと思えたから。

第十四話　かんたんクッキング

「はい、では今日は漢《おとこ》のゴーヤーチャンプルーを作っていきたいと思います」

——僕は一体、何をしているんだろう。

キッチンと呼ぶには少々おこがましいコンロと流しが壁際に並ぶだけの玄関から部屋までの通路で、スマホを構えた天道《てんどう》にひきつった笑みを向けつつ記憶に潜る。

調理中の僕の姿を動画に撮りたいと彼女が言い出して、いいよと答えたらついでに解説動画風にと無茶振りされて、「無理」と切って捨てたらその断り方を非難されて、気づけばあれよあれよとリクエストに応じることになったのだ。

結論としてはいよいよ彼我《ひが》のパワーバランスはやべえことになっているのでは？　可愛《かわい》い彼女の頼みが断れないとすると途端に普遍的なテーマになるし、実際天道の顔面偏差値の高さはただの可愛いにはとどまらないので色々と仕方ない気もするけども。

「伊織《いおり》くん？」

そうして怪訝《けげん》そうな顔をしていても天道は美しい。

つくづく顔の良い女だなあ。そして自分で言うのもなんだけど趣味はあまり良くない。

僕の料理動画なんて誰得なもの撮って本当にどうする気なのやら。

「アッハイ、えーとじゃあまずは……」

まぁ実際にネット配信するわけでもないんだし、適当でいいかと腹をくくった。

「ゴーヤはかっさばいて中身をえぐりだしたあと、ばらばらにして塩を振ります」

「言い方」

トントントン、とまな板の上で包丁が小気味よい音を立てる。

ゴーヤは硬すぎず軟らかすぎない話のわかるやつだ、薄切りにするのに何の苦労もない。

かぼちゃやトマトのやつらも少しは見習ってほしい（過去二敗）。

「次にペーパータオルを着せてから重石《おもし》を抱かせ、一時間ほど冷蔵庫に閉じこめて水切りしておいた木綿豆腐を手で引きちぎります」

「だから言い方」

水気が減っていても豆腐の冷たさは掴んだ指の芯まで届く。なので手早くパパッとちぎっておしまい。冬場には絶対やりたくない作業だ。

「それから死んだ豚の肉を短冊《たんざく》状に――」

「もうわざとでしょそれ。なんでそんなおいしくなさそうな言い方をするの？」

「や、つい……」

天道のリアクションがちょっと楽しかったから、とは言いづらかった。

いやしかしほんとツッコミが達者だよな、お嬢様の作法の内なんだろうか。

「あと元々参考にした動画がだいたいこんなノリだったんだよ」

「どうしていくらでもある料理動画からそんな酷《ひど》いのを参考にしたの……？」

「運命、かな……」あと酷くない。

そんなやりとりをしつつ温めたフライパンに塩コショウで味付けした薄切りの豚バラ肉を投入、続けてゴーヤ、豆腐と放り込む。

本当はゴーヤも豆腐も事前に焼き色付けておくものみたいだけど、一人暮らし男子の料理なんて所詮《しょせん》こんなものだと思ってもらおう。面倒くさいし。

「調味料で適当（原義）に味つけしたら、いよいよ卵を割り入れます」

うなりをあげる換気扇とフライパンに負けないよう、少し声のボリュームを上げる。

あとはいい感じに混ざるようにフライパンを回しながら仕上げだ。

ちょっとゴーヤが大きかったせいか、たびたび訪れる氾濫《はんらん》の気配に怯《おび》えつつも、なんとか脱落者抜きで完成。

「あとは盛り付けして、鰹節をまぶしてできあがりっと……」

ほかほかのゴーヤーチャンプルーを大皿に移して、天道にどや顔で振り返る。

「おあがりよ！」

するとスマホをおろした彼女は例によって絵になる笑みを浮かべた。

「ありがとう伊織くん、とってもはげまされたわ。近いうちに私も料理作ってあげるから」

「あ、うん、楽しみにしておく」

――あれ、これ僕微妙にディスられなかった？

§

そうして料理のお礼にと皿洗いをしてくれた天道を同棲気分でにやけつつ見守ったあと、僕らは食休みがてらにノートPCで海外ドラマを見ることにした。

二言語での字幕をつけての英語音声はリスニングの勉強になる、とは天道の言だけども歴史劇《コスチュームプレイ》だと言い回しが古くないかな。

そもそも僕を背もたれにした彼女はそんなに熱心ではないし、僕もながら見になってほとんどBGMがわりだ。

「――それで、昼間の小倉さんは結局何の話だったの？」

そして開始十分で完全に興味を失ったらしい天道がそんなことを言い出した。

「え、今それ聞くんだ」

「いつ話してくれるのかと待ってたのに、伊織くんがずっと黙ってるからでしょ」

てっきり小倉との話なんか聞きたくないもんだと思ってた。

「ええと、えっちぃ画像見せられて、それがつかささんじゃないかうわさになってるから気をつけろ、って」

「――はぁ、また親切顔で他人の男にお節介焼いてるのね、だから疎《うと》まれるのに」

天道の言葉には、小倉への単なる反感だけではない響きがあった。

「またって？」

「彼女って男子と距離近いでしょ？　で、女子の間の話なんかも余計なお世話で教えるみたいで、結構評判悪いのよ」

私が言うのもなんだけど、と続いたのでハハッと笑ったら睨《にら》まれた。解《げ》せぬ。

「また本人の自覚が薄いのと、伝え方がストレートすぎるから男子の方ともこじれるみたいなのよね、高校でもそうだったんじゃない？」

「あー……」

言われてみれば思い当たる節は確かにあった。

小倉は小倉でグループを作ってて、しかも体育会系だからハブられる感じじゃなかったけど、確かに女子が時々ギスってたり男子に陰口を叩かれてた気がしないでもない。

「どうせ伊織くんにも私じゃないかって思わせる聞き方したんじゃない？」

「確かに、言われてみればそうかも」

小倉の動機としては天道の誤解が広がっていることへの義憤ではありえないわけで、どちらかと言えば僕の目を覚まさせてやろう、くらいの狙いはあったのか。

これはよっぽど天道のこと嫌いなんだな、実に面倒くさい。

そして逆に天道がこれほど他人を悪《あ》しざまに言うのも珍しい、本当に相性悪いんだなあ。

「まったく、そんなことしても無駄なのに」

「まぁ、よく見ればつかささんじゃないってわかるしね」

何気ない僕の相槌《あいづち》の直後、空気が凍った気がした。

「伊織くん？」

え、なに。なんでそんな怖い顔してるの。

「すぐに否定したのよね？」

「え、うん、つかささんより胸大きかったから、違うよって」

コツコツコツ、と綺麗に整えられた爪がテーブルをたたく。

明らかに気分を害しているのがわかる動きだ。

「私そういうのは撮らせてないから安心してって前に言ったでしょ、忘れたの？」

「忘れてたわけじゃないけど、ぱっと見は似てたからさ、もしかしてって」

「いーおーりーくーん？」

バンバン、と叩かれたローテーブルが悲鳴を上げる。

最近めっきり見なくなっていた天道の悪癖だった。

「や、だってほらつかささんが気づかないうちに撮られていた可能性とかもあるし」

「なに、隠し撮りみたいな画像だったの？」

「いや、ばっちりカメラにむけてポーズしてたけど」

「なら違うってわかるでしょ！　それとも私が嘘ついたって思ったの!?」

ド直球にそう聞かれるとちょっと気まずい。

天道が基本的には正直で、特に男性関連の過去に関してはむしろちょっと手心が欲しいくらいに誠実に話してくれているのはわかるけども、こういうのって感情の問題だからな……。

「や、そのへんはもっともなんだけど……でも、ちょっと確認に時間がかかったくらいで、そんなに気にすることある？　ちゃんと最後には違うって言ったんだよ？」

自然としどろもどろの言い訳じみた言葉を吐いてしまう。

「あの女に伊織くんに信頼されてないって思われるのが嫌なの！」

「あの女て」

「他には？　なにか話してない？」

「えーと……休み明けにきっと白い目で見られるぞー、的な」

「なんて答えたの？」

「それはつかささんの自業自得だからしょうがないって」

「なんで！　そこで！　私に肩入れしないの！」

そう言われても心底ただの事実だしなあ。

「そんなの本気で今更だし、そもそもつかささんそんなに人の目とかうわさって気になるタイプだっけ？」

であるならあんなに悪評が広まるのを放っておいたのも変な話だと思うんだけど。

「そうじゃなくて、伊織くんにもそう思われてるなんて、いい気味だとか思ってそうなのが腹立たしいの！」

「どうでも良くない？」

「良くない！」

うーん、女子事情はまったく複雑怪奇。童貞でなくなったたくらいではわからないことが多すぎる。天道に関しては一生わからない気もするけど。

「そもそも！　伊織くんにもえっちなのは撮らせないのに、ほかの男の子に許したりしたわけないでしょ！」

それは喜ぶべきところなのだろうか、あと水着も浴衣《ゆかた》も結構えっちだったと思うけど。

困惑する僕をよそに、がおーと吼《ほ》えた天道はスマホを猛烈にたぷたぷしだす。触らぬ神に祟《たた》りなしと静観していると、すぐにバンと再びテーブルが叩かれた。

「しかも似てないし！」

ずいっと突き出されたのは小倉に見せられたのと同じ画像である。

「誰に送ってもらったの、それ」

「私こんなに丸顔じゃないし、そもそも肌とかバリバリ加工してるじゃない！」

「ごめんて」

当人と見比べてみればなるほど、あんまり似ていない気もする。

「それに私より大きいって、胸なんかこれ明らかに入れてるし！　なにこの固そうで不自然な形は！」

「そうなのかー」

しかしどうにも逆鱗《げきりん》に触れたのか、天道はどんどんヒートアップしていく。

静まれー静まりたまえーと両手であおいでいると、彼女は僕から身を離して、実に男前な動きで服を脱ぎ捨てて下着姿になった。情熱的でえっちな赤の上下だった。

「つかささん？」

なにしてるんだろう、この人。そして今日あの薄着の下にこんなの着てたの？

「二度と間違えないように、今から伊織くんの網膜《もうまく》と海馬《かいば》に私を焼きつけてもらうわ」

「ええ……いやいやいや、間違えてはいないって」

なんかエロいポーズを取ろうとする彼女の腕を押さえる。

両の手首をつかんだ後で、はたから見るとこれ僕が襲おうとしてる絵面《えづら》だな、と気づいた。

「ちょっと、なんで止めるの？」

「なんでだろう」

ふくれっ面で言われると、はしたない以外に特に止める理由もない気はする。

どうせこの後セックスするのも間違いないんだよな……。

「――あのね伊織くん。私は他の女と間違えられるのも嫌だし、小倉さんみたいな相手にキミが隙をさらすのも嫌なの、わかる？」

珍しく湿度の高いじとっとした上目遣いと言葉にしばし考え込んだあと、唐突に僕は気づきを得た。

「もしかしてつかささん、妬《や》いてるの？」

「そうよ、悪い？」

「や、悪いって言うよりは意外かな……」

なんとなく嫉妬するのはいつも僕で、天道はそういうのは無縁だと思い込んでいた。

それが伝わったのか、ため息のあとでとがっていた雰囲気が少し和らぐ。

「――ねえ伊織くん、そもそもなんでこんな話が出たと思う？」

天道の男性遍歴が酷いからでは??

「そりゃあ、つかささんへの嫌がらせじゃないの？」

「なにか別に言いたいことがありそうな顔していたんだけど……」

ばかな、ちゃんと心の副音声にしておいたはずなのに。

「そもそも私のヌードかもって画像が出回って、それで嫌がらせになると思う？」

「ハハッ、確かに」

「〜、〜、〜、〜〜〜！」

そして三度《みたび》机バンバンお嬢様と化す天道、自分で振っておいてこの怒りっぷりよ。

つくづくメンタル強いんだか弱いんだかわかんないな。

「だからね！　とにかくこれは私じゃなくて伊織くんを狙ったうわさだってこと！」

「僕狙い？　こんなことして何の意味があんのさ」

「誰だって恋人の裸だって画像が出回ったら面白くないでしょ」

それは確かにそうだけども。

嫌がらせにしてはずいぶんと遠回りだなあ。

「もしくは伊織くんを幻滅させて、私と別れさせたいとか」

「それこそ今更な気がするけど、でもまぁそういうことなら話の出どころは――」

「女の子ね」「男子か」

おや？　と互いに顔を見合わせる。

「つかささんをフリーにするために僕のメンタル削ろうって考えじゃないの？」

「仮にそうなったとしても私とすぐにどうこうなれるわけじゃないでしょ、それよりも酷い女と別れたキミを慰めて転がすのは簡単じゃない」

おのれ、人をまるでチョロい男みたいに。

本当のことだからって言って良いことと悪いことがあるぞ。

「でもつかささん、その推理には大きな穴がある」

「なあに？」

「僕は――つかささん以外には、モテない」

「そこで私を例外にしただけ進歩かしらね……」

微妙に嬉しそうにしてるのは可愛いんだけど天道はそろそろ服着たらどうかな。

眼福だから黙っているけど、と思ったらそれとなく彼女は胸をぎゅっと寄せた。

えっちじゃん、ぐぎぎ。

「でもね、それを言うなら伊織くんが見落としていることは三つあるわ」

「三つも」二つで十分なのに。

「一番ありそうなのは純粋な親切心ね。悪女にひっかけられた伊織くんの目を覚まさせようと思っている子が一人もいないって言いきれる？」

「それはないとは言いきれない、のかな……？」

多分に私怨《しえん》が混じっていたんだろうけど、小倉はまさにその類《たぐい》だろうし。

「次にほぼ同じだけど、単純に伊織くんを好きな子の仕業ね」

「そっちの可能性は薄いと思うけどなぁ」

そんなアクティブな子がいるなら今までにアプローチされてそうなものだ。

いて欲しいって思ったわけじゃないから天道は心を読んでジト目になるのはやめてほしい。

「――それから最後に、天道つかさの男を奪ってやりたいって女子」

「ええ……？　なにそれ」

「そのまんまよ。単に私が嫌いか、復讐か、それ以外か……まぁ動機はなんにせよ伊織くんにとっては最悪の相手よね」

キミに好意があってしているわけじゃないんだし、と言った天道はなにやらまた複雑そうな顔をしていた。

「そんな人存在するの？」

「普通にいるわよ――そうね、例えば男の子だと『美人』か『胸の大きい』彼女って自慢のタネでしょ？」

「まぁ、羨ましがられるのはそういうところかな」

「女子の場合は見た目以外にも『頭が良い』とか『実家がお金持ち』とか『芸術やスポー

ツの才能がある』とか、恋人であることがステータスになる対象が増えるのよね。特に大学生にもなってくると」

「あー……」

そう言われてしまうと我々男子がいかに性欲の虜《とりこ》なのかがわかるな。

だからこそ天道は僕に美人でスタイルが良いことのアピールを欠かさないのか。

実家の太さもちょいちょいあがるあたり、なんかもうそういうキャラって気もするけど。

「だから純粋に『モテる』っていうのも自慢になって、そのせいで『誰かの彼氏』ってだけで一定層に需要が出てくる。それで私みたいな美人でお金持ちでスタイルがいい女子の恋人ってなれば、ね？」

「僕はそういうトロフィーってわけかあ」

そして女子は女子でまた恐ろしい話だった。

まぁ天道もわざわざ最後に挙げたくらいだし、あくまで一部の恋愛脳とか肉食系に限った話なんだろうけど……だよね？

「……言っておきますけど、私はそういうタイプじゃないですからね、伊織くん」

「そりゃつかささんにとって『天道つかさの彼氏』はただの事実だしね」

微妙に探る様な目をする彼女に思わず苦笑いしてしまう。

「そういう意味じゃないんだけど」

「大丈夫、ちゃんとわかってるから……多分」

そして同時に余計なことを考えないように必死になる。ナニがデカいとかセックスが上手いとかが過去の天道の選択基準だったんじゃないかとか考えるな（必死）。

「キミ以前は『後腐れがないか』が最優先、言ったでしょ？　全部遊びだったんだから」

そうしてあっさりとそんな胸の内は彼女にばれてしまう。

はあ、と小さなため息で精神ダメージを与えてくれたあと、天道の右手がしなやかな動作で僕の肩から首筋をなぞるとぺちぺちと頰を叩く。

「——伊織くんはいつになったら自信を持ってくれるのかしら？」

「へへぇ、面目次第《めんぼくしだい》もない限りで」

「言い方」

情けないやら責められる様子がなくてほっとするやらだけど、この辺はまだ容赦してもらおう、男子三日経とうとも童貞の魂百までってやつだ。

「次、同じようなことがあったら今度こそ私のこと信じてね？」

「がんばる」

もう、と呟《つぶや》いた偏差値激高の美貌が近づいてくるのには、すっかり慣れた（ドキドキしないとは言ってない）。

それなら彼女の期待通りに誰かの思惑で心惑わされるような事態も、やがて少なくなっていくだろう。

「んっ……ん……ふ、ぅ……」

瑞々《みずみず》しい唇が僕のそれをついばむ様に動き、柔らかな舌は奔放に出入りを繰り返す。

悪戯《いたずら》っぽい彼女の笑みが目に浮かぶような情熱的なキスに、精一杯で応じた。

ぴちゃぴちゃと水っぽい音をさんざ立てたあと、ようやく天道は顔を離す。

銀の糸が唇同士を伝って伸び、切れた。

「ふふ……」

これ絶対わざとだな、と確信させる表情を浮かべた天道の頬は朱く瞳は潤んでいる。

彼女のキス待ち顔もキス後の顔もこれから何度見ても飽きることはないだろうな、という確信があった。

「もう話はおしまいでいいわよね？　――それじゃあ伊織くん、ちゃんと私の全部、隅々まで目に焼きつけてね」

圧倒的な妖艶さで天道つかさは微笑《ほほえ》み、柔らかな重みがのしかかってくる。

もちろん僕に、選択の余地などありはしなかった。

――その夜の天道は普段よりちょっとだけ意地悪だった。

こういうのもありかなあ、と感じたのは黙っておこうと思う。

エピローグ　夏は過ぎ、去らぬもの

夕暮れ時のセミの声はいつの間にか盛りを過ぎ、その代わりと言うように植え込みのあちこちから秋の虫たちの鳴き声が聞こえてくる。

いまだ暑さは過ぎ去らないけれど、季節は確かに移り替わろうとしていた。

「やっとセミの奴らも少し静かになったね」

「そうね」

と僕の隣を歩く天道《てんどう》つかさが、つないだ指にきゅっと力を込める。

「その口ぶりだと、伊織《いおり》くんはセミが嫌いなの？」

「うん、あいつらはちょっと好き勝手し過ぎだから」

「言い方」

「どうせすぐに死ぬからって何しても許されると思ったら大間違いだと思う」

「だから言い方。そういう生き物でしょ？　求愛のために一生懸命なだけじゃない」

「『誰か付き合ってください。じゃないと僕はすぐに死んじゃいますよー！』って始終叫んでる童貞とか迷惑すぎない？」

「なんでわざわざ擬人化したの」

もう、と呆れ顔になった天道がつないだままの手をぶんぶんと大きく振り回す。

スーパーからの帰り道なんていう日常の風景も、その中心に天道つかさを配置すれば途端に魅惑のポートレートになってしまう。

その一瞬一瞬をこっそり記憶に焼きつけていると、彼女の笑みが少し意地の悪いものに性質を変えた。

「私としては伊織くんがセミくらい熱烈に愛を言葉にしてくれても困らないけど」

「どうも僕の目が口ほどにものを言ってるみたいだからそれで十分じゃないかな」

もうお互いのいろんなものをさらけ出しあった仲とは言え、照れがまったくなくなったわけでもない。

ぽろっとこぼすとかならいざ知らず、普段から甘い言葉を吐けるほど僕の血中糖度はあがっていないのだ。

そんな悪あがきに天道は機嫌を損ねた風でもなく――むしろ表情にますます捕食者の印象を強め、腕を絡めてその柔らかな体を押しつけてくる。

「ね、釣った魚にもエサは必要なのよ？　もし、ちゃんと世話してくれないなら――」

「なら？」

「勝手に水槽を飛び出しちゃうかも」

「それ魚っていっても金魚みたいな可愛《かわい》いものじゃなくてアロワナとかでしょ」

もしくはハイギョかもしれない。いずれにせよ水槽から飛び出しても儚《はかな》く死ぬとかじゃなくて、さんざ大暴れして爪痕を残しまくるタイプなのは間違いなかった。

何なら自分で跳ねて水まで戻りそう。強い。

「そもそもさ、エサをあげてないって言われるほど、僕はつかささんのことを放ってはいないと思うんだけど」

そういい終えると、ちょうどのタイミングでぱっと街灯がともった。

黄昏《たそがれ》時にちょうど陰に入っていた天道の、やたらに良い顔がはっきりと照らし出される。

「それはそうね」

その表情は見慣れた、そしてあんまりよろしくないことを考えているときの笑みだった。

まぁなんであろうと彼女の魅力はちっとも陰らないのだけど。

「伊織くんはいつだって私のこと、目で追ってるものね」

「——まあね」

得意気に言われても、それは事実その通りなので頷《うなず》くほかなかった。

初夏のころから梅雨の時期、そして光と影に彩られた夏——ここ数か月の天道の姿はどれも鮮明に記憶に焼き付いている。

天道と出かけたいろんな場所、一緒に過ごした時間、そして彼女が不在の、世界から灯が消えてしまったような数日間も含めて、はじめて好きな女の子と一緒に過ごした季節のことを僕は生涯忘れないと思う。

彼女が見せた、そのすべての表情と共に。

「――伊織くん、私の話聞いてた？」

「ごめん、上《うわ》の空だった」

「もう、キミの良くない癖ね」

そしてそれはこれから迎える季節もきっと同じになるはずだ。

予感よりも強い、確信に近いそんな思いがある。

天道は振り回していた手を止めると、腕を絡めてそのしなやかな体を僕に預けてきた。

「つかささん？　ちょっと歩きにくいんだけど」

「あのね、男の子なら普通は喜ぶところよ」

「あ、なんかそれ久しぶりに聞いた気がするな……」

もうすぐ秋が来る。

そうしてその季節でも、きっと僕の隣には天道つかさがいてくれるのだろう。

あとがき

はじめまして、小宮地千々《こみやじちぢ》と申します。

このたびは『「美人でお金持ちの彼女が欲しい」と言ったら、ワケあり女子がやってきた件。』をお手に取っていただき、まことにありがとうございます。

本作は「小説家になろう」の大人向けジャンルを掲載するサイト「ミッドナイトノベルズ」にて連載しているものです（閲覧の際はサイトの年齢制限にご注意ください）。

しかし恐らくご存じでない方が圧倒的に多いかと思われますので、簡単に説明させていただきますと、
ある日突然主人公に性経験豊富な婚約者が出来る。

最初の頃は価値観の不一致から距離を取る主人公。

しかし付き合っている内に婚約者に惹かれていく。

以降はネタバレになるので本文をお読みください。

つまり初心《うぶ》で一途《いちず》なヒロイン文脈で書かれた非モテ主人公の志野伊織《しのいおり》（童貞）が、経験豊富で奔放《ほんぽう》な俺様ヒーローの系譜であるヒロイン天道《てんどう》つかさ（非処女）と、時に反発し時に戸惑いながら恋に落ちていく王道少女漫画の立ち位置を逆転させたラブコメなのです。

……というのは適当な後付けなので、辛辣《しんらつ》な童貞が自信家の非処女とぶつかったりふりまわされたりするお話として素直にお楽しみください。

結びに謝辞を。

イラストレーターのＲｅ岳《れたけ》様。

「ぼくのかんがえた最高の気の強そうな美人」という無茶ぶりへの満額回答、ありがとうございました。

今これを読んでいる方の多くが表紙の顔の良い女に惹かれてくれたことと思います。

担当編集の川口様。

世に知られていない本作にお声がけいただいた上、作業にあたっても新人作家に多くを信じて任せていただけたこと、大変感謝しております。

そしてなによりもＷｅｂ版からの希少な読者様と書籍版からの新たな読者様、本作を手に取ってくださったすべての方にお礼を申し上げます。

伊織とつかさの物語を皆様にもお楽しみいただけたなら幸いです。

ファンレター、作品のご感想をお待ちしています!

【宛先】
〒104-0041
東京都中央区新富1-3-7　ヨドコウビル
株式会社マイクロマガジン社
GCN文庫編集部

小宮地千々先生 係
Re岳先生 係

【アンケートのお願い】

右の二次元バーコードまたは
URL (https://micromagazine.co.jp/me/) を
ご利用の上、本書に関するアンケートにご協力ください。
■スマートフォンにも対応しています（一部対応していない機種もあります）。
■サイトへのアクセス、登録・メール送信の際の通信費はご負担ください。

本書はWEBに掲載されていた物語を、加筆修正のうえ文庫化したものです。
この物語はフィクションであり、実在の人物、団体、地名などとは一切関係ありません。

GCN文庫

「美人《びじん》でお金持《かねも》ちの彼女《かのじょ》が欲《ほ》しい」と言《い》ったら、ワケあり女子《じょし》がやってきた件《けん》。

2022年3月27日　初版発行

著者　小宮地千々《こみやじちぢ》

イラスト　Re岳《れたけ》

発行人　子安喜美子

装丁　森昌史
DTP／校閲　鷗来堂

印刷所　株式会社エデュプレス

発行　株式会社マイクロマガジン社
〒104-0041　東京都中央区新富1-3-7　ヨドコウビル
［販売部］TEL 03-3206-1641／FAX 03-3551-1208
［編集部］TEL 03-3551-9563／FAX 03-3297-0180
https://micromagazine.co.jp/

ISBN978-4-86716-265-1 C0193